BASTEI
LÜBBE

Von den Missfits
erschien bei BASTEI-LÜBBE:

12503 Krapf und Krömmelbein

MISSFITS

Kennse einen, kennse alle

BASTEI
LÜBBE

BASTEI-LÜBBE-TASCHENBUCH
Band 12846

Herausgeber: Gustav Lübbe Verlag GmbH, Bergisch Gladbach
Lizenzausgabe: Bastei Verlag Gustav H. Lübbe GmbH & Co.,
Bergisch Gladbach
Printed in Germany, September 1998
Einbandgestaltung: Melanie Bentele / Roland Winkler
unter Verwendung eines Fotos von Harald Hoffmann
Satz: Kremerdruck GmbH, Lindlar
Druck und Bindung: Ebner Ulm
ISBN 3-404-12846-X

DAS MISSFITS-MÄRCHEN ...
ODER WIE ES ZU EINER MEHRWERTSTEUERBEFREIUNG KAM

Es waren einmal fünf Frauen, die gerne Theater spielen wollten. Sie fanden eine Halle in einer alten Zinkfabrik in Oberhausen, und frohgemut begannen sie, mit ihrer eigenen Hände Arbeit alle schweren Metalle aus der Halle zu entfernen. Danach hatten sie alle eine leichte Vergiftung, aber das war nicht so schlimm – nur die Zigaretten schmeckten nicht mehr so gut. Und außerdem war es Sommer, und die Lunge wurde schnell wieder trocken.

Foto: Harald Hoffmann

»Unheimlich heimlich« – Gerburg Jahnke, Jutta Jahnke, Stephanie Überall, Regina Bührer und Barbara Groß (v.l.n.r.)

Sie machten lustige und absurde Stücke, und immer mehr Leute aus der Umgebung kamen, um sich das anzusehen. Doch eines Tages wurde ihnen die Halle weggenommen, weil inzwischen alle wußten, daß noch mehr giftige Dinge im Gemäuer versteckt waren.

Die fünf Frauen gingen auf die Straße und machten dort Theater. Danach zogen sie von Ort zu Ort, und immer, wenn sie irgendwo gespielt hatten, erzählte man sich nur Gutes von ihnen.

Eines Tages kam dann der Moment der Entscheidung: Sollten sie nur noch Theater machen und trockenes Brot ohne Rotwein riskieren, oder sollten sie berühmte Schriftstellerinnen, Lehrerinnen oder Bibliothekarsassistentinnen werden? Zwei von ihnen entschieden sich für trocken Brot und machten fortan als Duo weiter.

Sie fanden einen Agenten, für den sie schon bald die beiden besten Stuten im Stall waren. Man schrieb über sie, man filmte sie, und man bannte ihre Stücke auf Tonträger.

Sie wurden kritisiert und gelobt, bekamen Preise und Fan-Post sowie eklige anonyme Anrufe, sie schrieben sogar Kurzgeschichten und Bücher. Es war kein Ende abzusehen.

Der schönste Moment aber war der, als der Kultusminister ihres Landes ihnen versicherte, daß sie kulturell so wertvoll seien, daß sie keine Mehrwertsteuer mehr zahlen müßten. Dieser Bescheid hängt seitdem über ihren Betten, und in dunklen Nächten, die selbst bei solchen

Foto: Thomas Range

Glückskindern mal vorkommen, spendet er Trost und hilft beim Einschlafen.

Und wenn sich nichts geändert hat, und warum sollte es, dann wuseln und rennen und spielen sie noch heute.

WIDMUNG

Also!

Wir können dieses Buch nur den Menschen widmen, die – indem sie seit Jahren in unsere Vorstellungen kommen und am Ende teilweise frenetisch applaudieren – uns das Gefühl gegeben haben, daß es einen gewissen Sinn machen würde, die Texte und ein paar andere Geschichten schwarz auf weiß zu haben.

Wenn es keiner kauft, haben wir uns geirrt.

Ansonsten empfinden Sie sich als gewidmet.

Außer Sie sind ein Kritiker!

Missfits, Frühjahr 96

INHALT

KOMIK IST TRUMPF

Es wird ja oft gesagt, Schauspielerei sei Berufung. Wie seid ihr zur Schauspielerei gekommen?

Überall: Haha. Mich hat keiner gerufen, hat dich irgend jemand gerufen? Niemand. Wir haben uns alles selber beigebracht. Wir sind quasi Autodidaktinnen, also wir …

Jahnke: Nein.

Überall: Nein? Bist du keine Autodidaktin?

Jahnke: Nein, nein, ich nicht. Also, sie ist Autodidaktin. Ich bin mit zwölf zur Schauspielschule nach Rom geschickt worden, da habe ich dann auch gleich Italienisch gelernt. Dann nach Paris, da habe ich dann Französisch gelernt. Und dann war ich in Kairo, da habe ich das gelernt, was die da sprechen. Dann war ich noch in Afrika, weil ich die afrikanischen Hüftbewegungen erlernen wollte. Insofern kann man bei mir von einer sehr fundierten, von einer internationalen Ausbildung sprechen.

Überall: Da brauchten wir auch lange, um das wieder wegzukriegen.

Was fasziniert euch an diesem Beruf?

Überall: Ja, oben auf der Bühne stehen auch, weil das Gefühl …

Jahnke: … das Geld. In erster Linie der Reichtum, weil, es ist ungeheuer, man kann in diesem Beruf so reich werden. Geld, in erster Linie nur das Geld.

Überall: Ja, dann auch dieses Gefühl, oben zu stehen, den Applaus entgegenzunehmen, das ist auch ein sehr schönes Gefühl. Neben dem Geld ist das auch sehr schön.

Jahnke: Es ist ja wirklich …
Überall: … es ist unglaublich …
Jahnke: … man ist so … die Prominenz, das ist das Tolle!
Überall: Es wird schon fast unangenehm.
Werdet ihr belästigt?
Jahnke: Sehr.
Überall: Ja, sehr.
Jahnke: Ich würde gerne mal, wie früher, zu meinem Italiener gehen und sagen: »Piedro, una Prosciutto per mosto«, ja, also, das kann ich gar nicht mehr. Ich komm rein, und schon hängen sie wie die Kletten an mir. Meine Wohnung ist so geheim, daß ich sie manchmal selbst nicht finde.
Was habt ihr vorher gemacht?
Jahnke: Da gab es kein Davor. Es gab kein Davor. Das Leben ist Spielen und Spielen ist Leben. So ist das!
Schön. Was macht ihr denn in eurer Freizeit? Habt ihr Hobbys?
Überall: Also ich liege gerne stundenlang in der Badewanne. Einfach in der Badewanne mit einem kleinen Getränk in der Hand, Zigarette. Das ist sehr schön.
Jahnke: Das ist sehr unangenehm, da kommt sie zu den Auftritten immer mit diesen aufgeweichten Fingerkuppen, sehr unangenehm. Nein, ich habe keine Freizeit, ich arbeite immer. Es gibt nur Schlafen und Arbeiten. Mein Hobby ist mein Beruf, mein Beruf ist meine Zukunft, und meine Zukunft ist die Schauspielerei.
Ihr seid viel auf Tournee. Ich stelle mir dieses Leben doch sehr anstrengend vor. Wie kommt ihr damit zurecht?

Jahnke: Na ja, man sieht viel. Wer würde schon nach Dillingen fahren, privat? Wir fahren dorthin. Wir wollen diesen Menschen in Dillingen, die nur in den Fordwerken arbeiten müssen, denen bringen wir doch Frauenkultur und Theater. Und das ist eine Verantwortung, der man sich stellen muß. Deswegen, ich fahre dorthin, weil ich weiß, diese Menschen fühlen etwas, in dem Moment. Das ist es.

Warum stellt ihr den Begriff Frauentheater so heraus. Steht der feministische Anspruch vor dem künstlerischen?

Jahnke: Nein, das hat unser Agent uns empfohlen, daß wir das so machen sollten.

Überall: Er meinte, wir sind Frauen, dann könnten wir unser Theater jetzt speziell auch so bezeichnen. Ich meine, da hat er ja auch recht. Daß wir Frauen sind.

Jahnke: Wir haben nichts Unredliches getan.

Überall: So ist es.

Jahnke: Wir sind auch, natürlich sind wir Feministinnen. Schon lange, schon bevor …

Überall: … bevor überhaupt irgend jemand …

Jahnke: … ich war die erste Feministin in NRW.

Überall: Sie ist ein bißchen älter, dann war ich die zweite. Man kann fast sagen, wir haben den Feminismus …

Jahnke: … in der Bundesrepublik …

Überall: … erfunden.

Jahnke: Könnte man sagen.

1984 wart ihr auf Frankreich-Tournee. Ihr habt eine Version von Shakespeares »Romeo und Julia« gespielt. Euer Stück »Küß mich Romeo« wurde euer erster großer Erfolg. In dieser tragikomischen Revue gab es Fecht-

kämpfe, Hexen, mystische Gesänge und Tänze, stark beeinflußt durch die Foolsbewegung. Trauert ihr dieser Zeit nach?

Jahnke: Ja, sehr.

Überall: Das waren die Anfänge einer starken Bewegung, und wir ...

Jahnke: ... wir haben die Foolsbewegung ja quasi gegründet.

Überall: Wir waren die ersten, die dabei waren.

Jahnke: Also, die deutsche Foolsbewegung haben wir gegründet.

Überall: Wir waren die ersten weiblichen Fools in Deutschland. Das hat ...

Jahnke: ... das hat angefangen als eine sehr experimentelle Geschichte. Wir haben in Frankreich gesessen, haben uns von dem wenigen Geld, das wir verdient hatten, Madeleines und Kakao gekauft, das war ...

Überall: ... schön.

Jahnke: Wunderbar. So einfache Dinge, Madeleines und Kakao. Damals waren wir glücklich. Glücklich, zufrieden und ausgeglichen mit Madeleines und Kakao. Du doch auch?

Überall: Ja, noch heute, manchmal, wenn ich melancholisch werde, bestell ich mir Madeleines und Kakao. Das sind dann die ganz besonderen Momente.

Jahnke: Es war eine schöne Zeit, aber es war auch der Anfang dieser großen Zeit, die dann danach kam.

In einer ehemaligen Zinkfabrik in Oberhausen gab es einen Raum mit dem Namen Kräuselhalle. Mit Farbe, Pinsel und Putzeimern seid ihr dem lange ungenutzten Raum entgegengetreten. Die Arbeit hatte sich gelohnt.

Entstanden war euer eigenes Theater. Ein risikoreiches Projekt. War das klare Kalkulation oder naive Unbefangenheit?

Jahnke: Nein!

Überall: Weder – noch!

Jahnke: Damals fing das an, daß freie Gruppen sich eigene Theater genommen haben. Wir waren quasi eine der ersten freien Gruppen in der BRD, die ein eigenes Theater hatten. Und man hat da schon Vorbildfunktion. Wir wußten, wenn wir scheitern, dann würden es viele, viele gar nicht erst versuchen. Das war das Problem.

Überall: Wann, wenn nicht jetzt ...

Jahnke: ... war immer unsere Devise.

Überall: Wer, wenn nicht wir ...

Jahnke: ... das war unser Motto.

Eröffnet wurde euer Theater im März 1985 mit der zweiten Produktion »Unheimlich heimlich«. Ein absurdes Drama, in der ihr Frauensolidarität als reines Ritual darstellt. Der Frauenbewegung und ihrem »Frauen kommt her, wir tun uns zusammen« seid ihr damit in den Rücken gefallen. Wurde euch das nicht vorgeworfen?

Jahnke: Ja, natürlich, das wurde uns vorgeworfen, aber die Bewegung selber, die Frauenbewegung, hatte noch nicht erkannt, wo es hinging.

Überall: Es war die Zeit kurz vor dem Wechsel.

Jahnke: Und wir waren quasi die ersten, die den Wechsel gespürt haben. Dieses »Gemeinsam sind wir stark«, dieses ganze Solidaritätsgefühl, das war ja bloß Mittel zum Zweck, es sollte überdeckt werden, welche Abgründe es zwischen Frauen gibt. Wir waren eigentlich die ersten, die es gewagt haben, auf der Bühne diesen Kampf zwischen den Frauen zu zeigen.

Überall: Da hatten wir ja auch mit gerechnet. Wir wußten genau, was wir taten, die Provokation war uns bewußt. Wir wußten schon vorher, welche Kritiker und Kritikerinnen auf uns zustürmen würden. Das war uns alles völlig bewußt.

Im September 1986 entsteht euer drittes Stück, »Partie zu dritt«. Am Ende dieses Stücks stand kein Sieg, sondern extreme Selbsterkenntnis ohne Perspektive. War das eine bewußte Botschaft an das Publikum?

Überall: Das war sehr traurig, ja.

Jahnke: Sicher, man muß die Trauer in seinem Leben zulassen können, das ist das wichtigste, das ist, glaube ich, auch die Botschaft dieses Stückes gewesen, ich erinnere mich da nicht mehr so genau.

Überall: Ich glaube, damals ging es um die Traurigkeit an sich und das Problem, diese Traurigkeit als Bestandteil des weiblichen Lebens aufzufassen. Weil wir Feministinnen ... wir sind ja auch Feministinnen.

Jahnke: ... das waren wir als erstes.

Im Dezember 1986 wird euer Theater wegen hoher Giftmüllbelastung geschlossen. Ihr steht auf der Straße, also macht ihr euer Theater dort. Die vierte Produktion: »Die drei Musketiere«, eine clowneske Komödie, Pseudo-Heldinnen im Dienste Ihrer Majestät. Im Oktober 1987 nehmt ihr ein Engagement am Wittener Kinder- und Jugendtheater an. Das erste nicht selbstgeschriebene Stück, das erste Kinderstück, das erste nicht feministisch angehauchte Stück. Ist es möglich, so viele Kompromisse einzugehen?

Überall: Das war kein Kompromiß, das war ganz bewußt. Wir hatten sehr lange eigene Dinge gemacht und merkten plötzlich, daß wir doch den Bezug zur normalen Welt nicht verlieren wollten. Weg vom feministischen Anspruch, hin zu den Dingen, die auf der Straße passieren. Kindertheater – alle Frauen haben Kinder.

Jahnke: Ja, Kinder sind etwas Wunderbares. Kinder haben oft noch diese ganze Spontaneität und das ganze Empfinden und all das, was uns Erwachsenen doch oft abgeht.

Im Februar 1988 ging es in die fünfte Produktion. »Eine Frau ist eigentlich ein Mann – nur eben ein weiblicher ...«, eine Collage zum Thema Frauensprache. Zum ersten Mal wagt ihr euch in die Sparte Kabarett. Mit vollem Erfolg. Bestätigung von allen Seiten, besonders von den Geschlechtsgenossinnen. Wie wichtig ist für euch die Bestätigung vom Publikum? Wer ist euch wichtiger, Männer oder Frauen?

Überall: Am wichtigsten sind wir uns erst einmal selber.

Jahnke: Ja, Männer sind mir sehr wichtig, aber ... als Publikum auch. Frauen sind auch sehr wichtig.

Überall: ... du bist eine Frau ...

Jahnke: ... ich bin selbst eine. Wie war noch einmal genau die Frage?

Überall: Wir möchten auch an dieser Stelle unserem Publikum einmal sehr danken für all die Aufmerksamkeit und die Liebe, die uns entgegengebracht wird, das ist jetzt ...

Jahnke: ... ja, wir arbeiten für unser Publikum. Wir lieben unser Publikum, und wir tun alles für unser Publikum ...

Überall: ... was wären wir Künstlerinnen ohne unser Publikum ...

Jahnke: ... wir wären nichts.

Anfang 1989 wird es dann ernster um die MISSFITS. Weg vom Kabarett, weg von der Komödie, der leichten Unterhaltung. Die sechste Produktion, »Das Wunschkind«, nach einem Roman von Erich Hackl, entsteht. Viele sagen, eines eurer sinnlichsten Stücke, auf jeden Fall wieder ganz anders als das letzte. Warum legt ihr euch auf keinen Stil, auf kein Genre fest?

Jahnke: Wir sind beide Künstlerinnen, deren Talente und Fähigkeiten sehr vielfältig sind. Wir können sehr viele Sachen sehr gut bis hervorragend. Wir sehen einfach nicht ein, daß wir den Leuten, die uns gerne sehen, etwas vorenthalten sollen, ja.

Dann kam das Jahr 1990. Eine neue kabarettistische Revue »Die Frau in den besten Jahren« hatte am 4. Oktober in Bochum Premiere. Ihr mischt in diesem Stück kabarettistische Elemente mit Tanz, Musik und Gesang. Was bedeutet für euch: »die besten Jahre«?

Überall: Die besten Jahre sind natürlich nicht vom Alter abhängig, wir fühlen uns z. B. immer in den besten Jahren, besonders jetzt. Dieses Gefühl wollten wir einfach einmal vermitteln. Ich bin glücklich ...

Jahnke: ... ja, das sehe ich auch so. Wir finden, alle Frauen sind schön, und alle Frauen sind es wert, geliebt zu werden, und wir lieben sie alle.

In eurem Presse-Info steht: »Es gibt sie nicht mehr, die Mutter, die Emanze, den Vamp ... die Vielfalt liegt in den Variationen.« Ihr habt schon immer ein gespaltenes Verhältnis zu den sogenannten Bewegungsfrauen gehabt. Rechnet ihr jetzt ab?

Jahnke: Nein! Nein, nein, nein. Nein! Unsere Botschaft lautet einfach: Eßt euer Mousse au Chocolat, eßt euren Kartoffelsalat mit Mayonnaise, kümmert euch nicht um euren Bauchspeck, um eure Gesichtsfalten. Lebt! Wenn dann eine Frau kommt und sagt, ich muß aber zur 218-Demo, dann sage ich, Mädchen ...

Jahnke und Überall: ... Iß dein Mousse au Chocolat! Iß deinen Kartoffelsalat mit Mayonnaise!

Was wäre eure Traumrolle?

Jahnke: Also, ich muß es ganz ehrlich sagen, ich möchte einmal die Mutter Courage spielen, also Brecht. Dann würde ich gerne Ibsens Nora spielen, und dann würde ich gerne den Hamlet spielen in Hamlet, also den Hamlet. Sehr gerne würde ich mal im Tatort einen Kommissar spielen, aber einen Kommissar, dann würde ich auch sehr gerne so eine Art Show machen wie Rudi Carell seinerzeit. Ich würde auch sehr gerne in der Lindenstraße die Mutter Beimer spielen. Dann würde ich gerne die Anne Frank spielen in einer Verfilmung des gleichnamigen Buches. Ich würde auch gerne einmal unter Katharina Thalbach spielen. Dann würde ich gerne einmal mit Marlon Brando ...

... *und die Kollegin?*

Überall: Ich würde einfach mal gerne, einfach mal nur mich auf die Bühne bringen, das fände ich herausragend. Ich werde demnächst ein Solo anstreben, wo ich mich zum Mittelpunkt des Stückes mache, mein Leben erzähle. Ich denke, daß ich vielen Leuten durch mein Leben soviel geben kann, durch dieses Stück soviel erzählen kann, daß es nach mir keine Stücke, keine Traumrollen mehr geben wird.

Foto: Harald Hoffmann

EINE FRAU IST EIGENTLICH EIN MANN – NUR EBEN EIN WEIBLICHER

1988

FRAU TESCHNERS GEDICHT

Mein Name ist Veronika Teschner, und mein erster Mann ist tot. Seitdem hab ich Mußestunden noch und nöcher. Und in einer dieser Mußestunden, da habe ich etwas gemacht, was sich reimt … am Ende. Das reimt sich am Ende, und das ist zum Thema Frauensprache. Tja! Und zwar ist das so: Das ist ein Gedicht. Das ist ganz anspruchslos. Und deshalb bin ich dazu übergegangen, an diesen sehr wichtigen Stellen ein kleines Zeichen zu geben: und zwar werde ich zwinkern. So: *Sie zwinkert zweimal überdeutlich.* Wenn Sie dann dieses Zwinkern gesehen haben, dann wissen Sie, da muß irgend etwas gewesen sein, was wichtig ist. Ja?! … Gut!

Und dann hab ich mir noch gedacht, damit das Gedicht nicht so langweilig wird, hab ich mir gedacht, Veronika, denk ich mir, du könntest das Gedicht doch in Spielszenen einbetten, hihi … Tja! Das wissen Sie jetzt nicht, was das ist, Spielszenen. Das kann ich Ihnen aber erklären. Spielszene ist … *Sie blickt sich suchend um* … dieses Telefon. Das hat hier ein Loch, und aus diesem Loch kommt normalerweise etwas heraus, das geht da rein oder da, je nachdem, wo man wohnt. So. In diesem Telefon ist aber nichts, außer dem Loch. So, jetzt denken Sie natürlich, dieses Telefon funktioniert nicht, so denken Sie doch. Aber weit gefehlt: Ich werde persönlich mit diesem Telefon telefonieren. Und sehen Sie: Das ist Theater!!

Ich werde jetzt beginnen.

Frau Kunze ist im Sportverein …

Foto: Ulrich von Born

Gerburg Jahnke als Veronika Teschner

Huch, jetzt hätt ich fast das Wichtigste vergessen, also, die Frau Kunze ist mir in der Mußestunde eingefallen, meine Heldin. Heißt jemand von Ihnen jetzt Kunze? Von den Damen? Nein? Da bin ich aber sehr beruhigt, ich meine, was mir jetzt sehr wichtig ist, daß Sie nicht denken, Sie wären Frau Kunze, ja?!

Frau Kunze ist im Sportverein
mit sieben andern Damen,
die feiern einmal jedes Jahr
in festlicherem Rahmen.
Frau Kunze sacht: Da ruf ich an,

Sie spricht die nächsten Sätze ins Telefon.

ob man wohl reservieren kann ...
ja, wissen Sie, wir sind acht Mann!

Acht Mann!!! *Sie zwinkert bedeutungsvoll.*

Eine männliche Gans,
nur das weiß sie nicht,
ist schlicht und einfach ein Gänserich.
Die Maus unterscheidet sich von den Ratten
durch den Namen ihres Gatten,
der Mäuserich,
erinnern Sie sich?
Und wer grüßt Sonne, Sterne und Mond?
Der Piloterich, damit sich das lohnt!!
Fragt doch meine Tante,
letztens beim Friseur,
der Mann der Gouvernante,

ist das der Gouverneur?
Ich sach zu ihr:
Das weiß ich nicht,
aber ich entsinne mich,
daß unter die Sparte Frauenheld
auf weiblich Nymphomanin fällt!
Dann sagt sie noch,
daß das Kätchen
jetzt studiert,
das liebe Mädchen.
Das wird jetzt Arzt *(zwinker, zwinker)*
oder Chirurg, *(zwinker, zwinker)*
ich meine wohl, in ... Offenburg.
Ist ja auch alles nicht so wichtig,
ich denk nur, die Sprache,
ist das richtig?
Es besteht ja wohl ein Unterschied
zwischen mit und mit ohne Glied!!
Der ist zwar klein,
aber immerhin
größer als die Endung ›in‹!
Als Frau hat man es nämlich schwer, als Mieter *(zwinker)*,
Bürger *(zwinker)* und Leser *(zwinker)*.
Es weiß doch niemand ganz genau,
ist es ein Mann oder eine Frau?
Und solange sich das nicht ändert nicht,
plädiere ich für Männerich!!

Guten Tag!

Entschüldigüng, es tüt mir sö leid, jetzt häben Sie sö länge äuf mich wärten müssen, absie wissen Sie, meine Züg, ich häbe meine Züg vsiepäßt, ünd die ändsiee Züg hätte Vsiepätüng. Ich kömme direkt äus Öbsiehäusen ünd ... Öh, Entschüldigüng! Älsö, wö häb ich nür meine Köpf. Siest einmäl: Güte Äbend. Ich heiße Gsielinde Geisiemeisie, Sie sieläuben, däß ich meine Fräutel änbehälte? Die Zeit ist sö knäpp, ich häb nöch eine psiesönliche Vsieäbredüng mit einsie güte älte Freundin. Älsö lässen Sie üns söfört beginnen ... wäs ist däs? Wässie? Öh, däs ist lieb. Dänke schön. Gänz kürz, jö? Die Lüft ist hisie sö tröcken ... Hm, däs tüt güt. Sö. Jö. Nün. Älsö ...

Ich wsiede älsö vsiesüchen, Sie heute äbend kürzfristig mit die nötwendigste Gründregel vön die Feminispräch vsieträut zü mächen, dämit Sie begreifen, wie die Feminispräch fünktiönisiet.

Die sieste ünd übsiehäupt ... Wäs ist lös? Öh, Entschüldigüng, wö häb ich nür meine Köpf! Sie vsiestehen mich nicht, hm? Entschüldigüng. Ich wsiede vsiesüchen längsäm zü sprechen. Älsö: Ich spreche die Feminispräch. Die Feminispräch ist eine Fräuenspräch, die ich psiesönlich, Gsielinde Geisiemeisie, innsiehälb vielsie Jähre sieförscht ünd entwickelt häbe. Ich reise nün in die vsieschiedenste Städte ünd Ländsie, üm übsie meine Spräch zü refsiesien. Heute äbend hisie in Bsielin (Hämbürg, Wüppsietäl ...).

Ich wsiede älsö vsiesüchen, Sie gänz kürzfristig mit die nötwendigste Gründregel vön die Feminispräch vsieträut zü mächen, dämit Sie begreifen, wie die Feminispräch fünktiönisiet. Älsö, die sieste ünd übsiehäupt wichtigste Regel: Eine Fräu spricht vön sich immsie nür äls Fräu. Männliche Sprächbezeichnüngen wsieden nicht nür vsiemieden, nein, söndsien übsiehäupt siest gär nicht bsieücksichtigt. Gründsätzlich, Gründregel eins: wö »Mann« sein »er« benützt, älsö die Wört, die Prönöm »er« ... Bäh! ... benützt Fräu nätürlich ihre »sie«. Züm Beispiel: man erzählt – fräu siezählt, man erklärt – fräu sieklärt, man versteht – fräu vsiesteht. Hm? Sie vsiestehen? Jö? Ödsie: man versichert – fräu vsiesichsiet, man erobert – fräu sieöbsiet, etcetsieä, etcetsieä, etcetsieä.

Die Zeit ist sö knäpp, döch ich müß sehen, öb Sie vsieständen häben, bevör ich weitsiegehe. Wenn ich jetzt säge: man erfindet – wie sägen wir in femini? Hm? ... *Publikumsbeitrag* ... fräu siefindet! Jö. Güt. Sö räsch vsieständen. Wie gesägt, die Zeit ist knäpp. Gehen wir weitsie zü Gründregel zwei. Öh, nein, wö häb ich nür meine Köpf? Bevör ich weitsiegehe, müß ich Sie nöch äuf die söziö-emötiönäle Charäktsie vön die Feminispräch hinweisen. Die söziö-emötiönäle Charäktsie ...

Älsö ich psiesönlich, Gsielinde Geisiemeisie, ich plädisiee gänz besöndsies für die besöndsies häufige Benützüng vön die Ümläute ä, ö ünd ü in die Feminispräch. Jö. Däs ist besöndsies wichtig für die weiche ünd klängvölle Üntsiemälüng für die Wörtsies in die Feminispräch. Ä, ö ünd ü – ich liebe ä, ö, ü ... Ä, ö, ü sind sö fäszinisiend! Jö, däs ist meine gänz psiesönliche Leidenschäft, die ist bei die Entwicklüng vön die Spräch quäsi mit mir dürchgegängen. Ä, ö ünd ü – züm Beispiel »Glas« in femini: »Gläs«. Ödsie »U-Boot« – »Ü-Bööt ... jö! Ich sehe, Sie vsiestehen sö räsch, ünd die

Zeit ist sö knäpp, gehen wir nün weitsie zü Gründregel zwei: wö »Mann« sein MANN benützt, benützt Fräu nätürlich ihre Fräu. Kaufmann in femini: Käuffräu. Ödsie Schutzmann – Schützfräu. Hampelmann – Hämpelfräu! Schneemann – Schneefräu. Mandarine – Fräudärine. Maniküre – Fräuiküre. Mandant – Fräudänt. Mantel – Fräutel. Sö. Ich sehe, Sie vsiestehen, gehen wir älsö weitsie zü Gründregel drei. Älles, wäs fräu benützt ödsie tüt, ist femini, ist weiblich. Älles, wäs fräu tüt, älles, wäs fräu benützt, ist femini, ist weiblich, ist »eine« ödsie »die«. Eine Gläs, eine Tisch, eine Stühl, eine Böden, eine Lüft, eine Hüt … älles ist femini, älles ist weiblich, älles ist eine. Ünd däs ist güt sö! Jö!

Sö, ich denke, ich wsiede nün in gänze Sätze ärbeiten. Pässen Sie güt äuf! Ich säge siest eine Sätz in die »Männsiespräch« ünd übsiesetze dänn in die Feminispräch, jö? Ich säge züm Beispiel, wäs säge ich … jö, ich säge: »Paul leert den Mülleimer aus.« In femini sägen wir: »Päulä lesiet die Mülleimsie äus.« Eine ändsiee Beispielsätz wäre: »Karl nimmt seine Verantwortung ernst.« Ich wiedsiehöle »ernst« – bäh!! In femini sägen wir: »Kärlä nimmt ihre Vsieäntwörtüng sienst« … ich wiedsiehöle: »sienst!« Sö weich, sö klängvöll, sö … äch jö! Öh, Entschüldigüng, die Zeit ist sö knäpp, wie gesägt, ünd ich müß sehen, ob Sie hisie vsieständen häben, bevör ich Sie wiedsie vsielässe. Ich müß sehen, öb Sie hisie die Feminispräch vsiestehen. Ich mäche däs sö, ich säge eine Sätz in die »Männsiespräch«, ünd Sie, Sie übsielegen ünd übsiesetzen gänz kürz in die Feminispräch. Jö? Ich nehme eine Sätz nicht zü kömplizisiet. Pässen Sie äuf, übsiesetzen Sie bitte: »Paul überholt immer trotz Überholverbot.«

Foto: Archiv ARD

Stephanie Überall als Gsielinde Geisiemeisie

Keine Pänik! Keine Pänik! Übsielegen Sie in Rühe, äbsie übsielegen Sie. Ärbeiten Sie züsämmen ödsie älleine, wie Sie wöllen. Ich wärte ...

Publikumsarbeit.

Sö, wir wöllen gücken. Älsö, wie ist die Übsiesetzüng? Sie vielleicht? Nür Müt! *Publikumsbeitrag.*

Jö, güt. Gänz fäntästisch für die Änfäng. Ich wiedsiehöle läut für die ändsien: »Päulä übsiehölt immsie trötz Übsiehölsieböt.«

Sö, die Zeit ist knäpp, döch ich müß sehen, öb älle vsieständen häben. Ich müß sehen, öb älle hisie die Feminispräch vsiestehen ... Ich mäche däs sö, jö, wir wiedsiehölen älle züsämmen im Chör die Sätz. Bitte, älle züsämmen im Chör: Päulä übsiehölt immsie trötz

Übsiehölsieböt. Sö känn ich sehen, öb älle vsiestehen. Pässen Sie äuf, ich säge: eins, zwei ünd ... Ünd dänn älle züsämmen, jö? Ächtüng! Eins, zwei ünd ...

Publikumsarbeit.

Äusgezeichnet! Sö güt hisie in Besielin (Hämbürg, Wüppsietäl)! Gänz fäntästisch! Die Zeit ist knäpp, döch nöch eine ändsiee Beispielsätz, jö? Pässen Sie äuf, übsiesetzen Sie bitte nöch: »Peter ist Verkäufer für Füllfederhalter.« Lässen Sie sich Zeit ...

Sö! Nün vielleicht eine vön die »Männsies« ... Sie vielleicht? Nür Müt! Nichts vörsägen! Gedüld mit die Männsies! *Publikumsarbeit.* Jö! Güt! Hät döch gekläppt! Petsie ist Vsiekäufsie für Füllfedsiehältsie. Äusgezeichnet! Die Zeit ist sö knäpp. Wir wiedsiehölen älle züsämmen im Chör nür die Wört Füllfedsiehältsie, jö? Ich säge wiedsie eins, zwei ünd ... ünd dänn älle züsämmen. Älsö, eins, zwei ünd ... *Publikum: Füllfedsiehältsie.*

Dänkeschön! Ich müß Sie jetzt leidsie vsielässen, meine güte älte Freundin wärtet ... öh, älsö, wö häb ich nür meine Köpf! Entschüldigüng! Bevör ich Sie vsielässe: vörne in die Eingängshälle können Sie meine neu sieschienene Büch »Die Feminispräch« vön Gsielinde Geisiemeisie käufen, für nür visiezehn Märk visiezig. Ist nicht teusie! Ist billig. Sie wsieden sehen, in gänz kürzsie Zeit sprechen äuch Sie die Feminispräch psiefekt. Ich müß Sie jetzt leidsie vsielässen. Dänkeschön. Güte Äbend. Güte Nächt. Äuf Wiedsiesehen!

DER ANSCHLAGKOFFER

Veronika Teschner und Gsielinde Geisiemeisie sind übrigens Freundinnen. Sie treffen sich, weil sie im Kreuzworträtsel der Anarcho-Blume einen Anschlagkoffer gewonnen haben. Jetzt packen sie ihn aus.

Teschner: Gerlinde, getz komm. Wo bleibst du denn?
Geisiemeisie: Vsieönikä, ich kömme.
Teschner: Hastu den Koffer?
Geisiemeisie: Jö. Wir häben eine Änschlägköffsie gewönnen.
Teschner: Sie meint, wir haben einen Anschlagkoffer gewonnen.
Geisiemeisie: Säg ich döch. Änschlägköffsie.
Teschner: Komm, mach auf!
Geisiemeisie: Pistölen!
Hantieren mit den Pistolen.
Teschner: *Holt zwei rote Netzstrümpfe aus dem Koffer.* Was soll das denn? Das kommt mir nicht an die Beine.
Geisiemeisie: Vsieönikä!
Teschner: Nein, auf keinen Fall, wollweiß vielleicht, aber nicht rot. Wir sind doch nicht beim Fasching.
Geisiemeisie: Däs ist für die Köpf!
Teschner: Für den Kopf!
Geisiemeisie: Däs ist die Vsiemümmüng!
Teschner: Vermummung?
Geisiemeisie: Jö. Gück!
Beide ziehen die Strümpfe über die Köpfe.
Geisiemeisie: Vsieönikä, dü siehst sö güt äus.
Teschner: Du aber auch.

Geisiemeisie: Sö! Lös!
Teschner: Da is noch was.
Geisiemeisie: Wäs denn?
Teschner: Nicht, daß wir das Wichtigste vergessen.
Geisiemeisie: Wäs ist däs?
Teschner: *Holt schwarzes Klebeband aus dem Koffer und reißt zwei Streifen ab.* Gerlinde. Das ist ein Balken!
Geisiemeisie: Bälken?
Teschner: Jaa, in der Zeitung haben die doch auch immer so schwarze Balken über den Augen.
Geisiemeisie: Jö. Inkögnitö. Güte Idee!
Musik.

Mit Phantasie, Charme und Vermummung
bekämpfen wir die Volksverdummung
wir sind der Seniorinnen-Terror-Verein
wir seh'n zwar harmlos aus
doch sind wir hundsgemein.
Keiner hält uns für gefährlich
Sie doch auch nicht
jetzt mal ehrlich.
Dudum dudum dudum dudum.
Mit dem Anschlagkoffer in der Hand
ziehen wir durchs ganze Land.
In die Altersheime brechen wir ein
um die anderen Senilen zu befreien.
Wir gründen die mobile Seniorinnen-Armee
mit Klosterfrau-Melissengeist
und Magenschonkaffee
Onko
Haag

nein, Idee
dudum dudum dudum dudum
oder vielleicht Kamillentee?
Mit Brille, Hörgerät und Krücke
bekämpfen wir die Lebenstücke
Sie denken vielleicht, wir wären alt
aber bald machen wir den Pförtner kalt.
Dudum dudum dudum dudum
yeah!

KLITORIS

Das Telefon steht alleine auf der Bühne und klingelt. Eine Frau läuft hektisch hin und her, hinter der Bühne hört man Stimmengewirr und Gläserklirren. Endlich nimmt die Frau ab. Aus dem Hintergrund ist immer wieder Oskar zu hören, ein unliebsamer, betrunkener Gast, der bisweilen Kommentare zum Inhalt des Telefonats gibt:

Angie Butzmann ... Hey, hallo Doris, schön, daß du anrufst ... Ich in Hektik? ... Nein, ich geb 'ne Party ... Oskar, geh vom Sekt weg!! ... Du kennst ja Oskar, immer am Sekt ... Nein, Hans hat ihn eingeladen, aber ich werde ihm gleich ein Taxi bestellen ... Ansonsten ist es eine sehr nette Party, nur vom Feinsten hier ... Weißt du was? Wirf dich in Toilette und komm rüber! ... Wie, du kannst nicht? Bist du krank? ... Ach, du sitzt an deiner Arbeit, du armes Mäuschen. Aber heute ist doch Dienstag? Du mußt morgen abgeben? Was ist es denn? ... Frauensprache! Hey.

Hähähä.

Oskar, sei still! Du, Doris, das finde ich ganz toll. Und da mußt du jetzt mal mit einem Menschen reden?! ... Nicht? Warum rufst du dann an? ... Du suchst nach neuen Wörtern? Da bist du bei mir goldrichtig. Mein Arzt hat gesagt, ich hätte einen Sprachschatz von 500! ... Doris, das war ein Scherz! Welche neuen Wörter suchst du denn? ... Bitte? Ein anderes Wort für Klitoris?

Hähähä, oh, oh, oh!

Oskar! Doris, da weiß ich nichts ... Nein, da sag ich auch nichts ... Hans? Nein, weißt du, Hans formuliert

Foto: Sabine Mairiedl

Gerburg Jahnke als Angie Butzmann beim Klitoris-Telefonat

nicht so aus. Aber warte mal, letztens beim Zahnarzt, ... Nein, bei diesem einen, wo sie jetzt alle hingehen, wo du dann stundenlang im Wartezimmer hockst, da hab ich mal so eine Frauenzeitung durchgeblättert, ist ja unzumutbar, diese Inhalte, aber da hab ich was gelesen, warte mal, ah, Kitzler!

Hähähähä!

Oskar! ... Das kennst du schon? Na ja, ist ja kein Wunder, wenn man's schon beim Zahnarzt lesen kann, hat es ja eine gewisse Öffentlichkeit erreicht. Ob es denen was hilft, weiß man jetzt nicht ... Bitte? Wie, ein eigenes Wort? Ich soll mir ein eigenes Wort für Klitoris ausdenken? Nein, tut mir leid, Doris, ich bin jetzt auch mit meinen Gedanken ganz woanders … Doris? Doris? Hör auf zu weinen, setz dich hin, entspann dich, ich denk ja schon nach, gleich … Wie fändest du denn Anna?

Hä?

Also, ich stell mir so vor, man oder frau oder alle beide werden morgens wach, und dann sagt man: ›Na Anna? Wie hast du geschlafen?‹ Würde sie doch in den meisten Fällen antworten: ›Leider die ganze Nacht!‹ … Ja, Angelika geht auch … Heidi, auch sehr schön … Wieso Frau Lehmann? … Ach, wegen des Siez-Verhältnisses. Ja, stimmt. Es gibt Frauen, die würden sich siezen. Guten Morgen, Frau Lehmann. Und dann gibt es noch ein paar, die grüßen sich überhaupt nicht. Kenn ich nicht, wasch ich nicht …

Ich würde ja Cocktailkirsche sagen, hähähä!

Doris? Hast du gehört, was Oskar sagen würde? Cocktailkirsche!!! … Ach, das findest du gut? So aus Flora und Fauna? Dann sag doch direkt Flora zu ihr! Wie fändest du denn Flora Soft? Hast du Vor- und Nachnamen! Oder Doris Klitoris!!! … Oh, das tut mir leid. Nein, das war nicht persönlich gemeint. Ja, du kennst ja meinen Humor. Sorry, Doris. So, jetzt machst du einfach die Klappe zu und kommst rüber, ja? … Nein, Schatz, fang nicht an zu heulen, aber ich kann dir nicht noch mehr Wörter sagen, ich muß mich um die Gäste kümmern … Ja, sehr nette Gäste … Ob ich die Gäste nicht fragen könnte? Also, Doris, … Nein, peinlich ist mir das nicht, aber ich kenn hier eigentlich keinen persönlich … Ok, ok, ich mach's, ja? Bleib dran, ich guck mal …

Hier kommt, was kommen muß. Das Publikum wird gefragt, und je nach Abendlaune, Veranstaltungsort und unwägbaren Kriterien folgen wenige oder viele Wörter für Klitoris. Angie Butzmann gibt sie alle weiter an Doris, nicht ohne sie zu kommentieren. Irgendwann ist dann Schluß, und danach ist Pause. Mit dem Ergebnis, daß die Zuschauer in der Pause heftig diskutieren: zum einen natürlich über die Geschmacklosigkeit der Geschichte, zum anderen über die vollständige Abwesenheit von Kosenamen für dieses Organ. Überlegen Sie doch mal kurz: Wie viele Wörter fallen Ihnen ein, die das männliche Geschlechtsteil mehr oder weniger nett umschreiben? … Ja, Jonny geht auch. Und nun das weibliche???? Aha! Sehen Sie?

Einige Mutige (und – wie immer – einige Vorlaute) trauen sich bereits während der Nummer, Vorschläge zu machen: z. B. in Berlin, noch vor der Wende, »Brandenburger Tor« oder von einem ausländischen Zuschauer »little man in a boat«, immer wieder: »Knopf«, »Perle«, später dann »Joystick« oder »Lollipop«, respektive »Dauerlutscher« (fand ich gar nicht so schlecht). Rosenkohl, Blumenkohl, Pfläumchen, Kirsche und den ganzen Garten rauf und runter. In Dillingen, in der Nähe der Ford-Werke, kamen dann »Anlasser«, »Zündkerze« und »Ritzel«. Hart an der Grenze »Schnatterzapfen«. Sehr clever war »Anna Naß«. Rotkäppchen, Rumpelstilzchen und andere Märchen. Was mir persönlich am besten gefallen hat? Hm, »Königin des kleinen Todes«. Tja.

Foto: Harald Hoffmann

DIE FRAU IN DEN BESTEN JAHREN

1990
Regie: Ralph Reiniger

JETZT ODER NIE

Jetzt oder nie
Schluß, Schluß, Schluß mit der Idiotie
Jetzt oder nie
Vorbei, ei, ei, sind die Fragen

Tausendmal die Treppe gefegt
Die Hände nie in den Schoß gelegt
Hunderttausend Tampons verbraucht
Viel zu viele Zigaretten geraucht
Jede Menge Diäten gemacht
Über schlechte Männerwitze gelacht
Tausend Pickel ausgedrückt
Selten so richtig ausgetickt

Foto: Sabine Mairiedl

»Jetzt oder nie«

Jetzt oder nie
Schluß, Schluß, Schluß mit der Idiotie
Jetzt oder nie
Vorbei, ei, ei, sind die Fragen
Jetzt oder nie
Schluß, Schluß, Schluß mit der Melancholie
Jetzt oder nie
Vorbei, ei, ei, sind die Klagen

Unendlich viele Tränen vergossen
Ab und zu den Kummer genossen
Tausendmal sich selbst belogen
Hier und da den Freund betrogen
Immer wieder Frau gespielt
Nachts so oft das Bett zerwühlt
Fast alle lieben einen Mann
Der sich nicht lieben lassen kann

Jetzt oder nie
Schluß, Schluß, Schluß mit der Idiotie
Jetzt oder nie
Vorbei, ei, ei, sind die Fragen
Jetzt oder nie
Schluß, Schluß, Schluß mit der Melancholie
Jetzt oder nie
Vorbei, ei, ei, sind die Klagen

GRETA & BRIGITTE

Zwei Frauen treffen sich zufällig auf dem Bahnhof, nachdem sie sich Jahre nicht gesehen haben.

Brigitte: Greta?
Greta: Brigitte?
Brigitte: Greta!
Greta: Brigitte!
Brigitte: Nein!
Greta: Ich fass' es nicht.
Brigitte: Greta ... Greta Prantel!
Greta: Hey, daß du das noch weißt. Brigitte ... Brigitte ... oh, Brigitte, du!
Laufen aufeinander zu, um sich zu umarmen, tun es aber dann doch nicht.
Brigitte: Also, du hast dich gar nicht verändert!
Greta: Na ja, also komm ...
Brigitte: Obwohl, ich hätte dich fast gar nicht erkannt.
Greta: Ja, die Jahre ...
Beide mustern sich ausgiebig.
Brigitte: Aber wie lang ist das auch her? Wann haben wir uns zuletzt gesehen?
Greta: Warte mal, laß mich nachdenken. Wann war das?
Brigitte: Sag nichts, ich weiß es.
Greta: Das muß gewesen sein ...
Brigitte: Ich komm gleich drauf ...
Greta: Warte, ich sag's dir sofort. Laß uns da systematisch drangehen. Jetzt is '94 ...
Brigitte: Das muß gewesen sein, als wir alle zusammen...

Greta: … davor war ’93 …
Brigitte: … ach nein, da warst du ja gar nicht dabei … Aber als ich diese Geschichte mit … Ach, das kannst du ja gar nicht wissen …
Greta: Das will ich auch gar nicht. Sag mal, kann das sein, daß das schon zehn Jahre her ist?
Brigitte: Nein!
Greta: Doch. Das muß so um ’84 gewesen sein. Das war an der Volkshochschule in Mülheim.
Brigitte: Volkshochschule? Bin ich nie gewesen.
Greta: Natürlich! Das war ein Kurs nur für Frauen. Die Kursleiterin war auch eine Frau. Wir haben Seidentücher bemalt …
Brigitte: Seidentücher?
Greta: Ja, mit Seidentuchbemalfarbe. Das war hochfeministisch.
Brigitte: Was war denn daran so feministisch?
Greta: Das Motiv. Wir haben halbierte Früchte gemalt.
Brigitte: Halbierte Früchte auf Seide?
Greta: Die halbierte Frucht ist ein Symbol für das weibliche Geschlechtsteil, hat die Kursleiterin gesagt … Das mußt du doch noch wissen …
Brigitte: Stimmt, jetzt, wo du’s sagst …
Greta: Wir haben doch alles gemalt. Halbierte Äpfel, halbierte Birnen, halbierte Bananen … Nein.
Brigitte: Bananen waren da nicht bei. Also das wär mir aber aufgefallen!
Greta: Ja, das wäre selbst dir aufgefallen …
Brigitte: Pfläumchen, Apriköschen … Ja, die Seidenmalerei, das war das Letzte.
Greta: Och …

Brigitte: Und weißt du noch, das Wochenende in der Eifel?

Greta: Wo?

Brigitte: In der Eifel. Wir waren doch zusammen in der Eifel.

Greta: Eifel? Bin ich nie gewesen.

Brigitte: Natürlich warst du in der Eifel!

Greta: Brigitte, ich bitte dich, ich war noch nie in der Eifel. Ich weiß überhaupt nicht, wo die Eifel liegt. Wo ist die Eifel?

Brigitte: Bei Prüm.

Greta: Bitte?

Brigitte: Prüm!

Greta: Und wo ist Prüm? Und jezz sag nich: In der Eifel …

Brigitte: Ja, was soll ich sonst sagen? Greta, du warst in der Eifel, das werd ich doch wohl wissen.

Greta: Ja, so warst du damals schon, so rechthaberisch…

Brigitte: Und du so vergeßlich …

Greta: Also! Ich war nie in der Eifel! Was soll denn da gewesen sein?

Brigitte: Ja, was war da wohl? Der Selbstuntersuchungskurs!

Greta: Der war in der Eifel?

Brigitte: Der war in der Eifel. Du hast uns angemeldet.

Greta: Ja, wieso erinnere ich mich denn nicht mehr?

Brigitte: Verdrängt?

Greta: Ah, ich weiß, ich hab die Eifel ja überhaupt nicht gesehen.

Brigitte: Bitte?

Greta: Ich hab das ganze Wochenende keinen Fuß vor die Tür gesetzt.
Brigitte: Ja, wir alle nicht. Wir haben uns ja ständig untersucht.
Greta: Stimmt ... Das war die Eifel?
Brigitte: Das war die Eifel.
Greta: War doch ganz schön.
Brigitte: Keine Ahnung. Wir waren ja nie draußen.
Greta: Dieser Selbstuntersuchungskurs ... Wie hieß denn da noch diese eine? So 'ne völlig Verrückte ...
Brigitte: Die waren doch alle verrückt.
Greta: Aber die besonders. Ah, ich weiß, Erika.
Brigitte: Erika??
Greta: Ja, Erika. Die wollte doch Menstruationsblutabsaugung ausprobieren.
Brigitte: Ach, die.
Greta: Sie hatte dieses Gerät schon gebastelt, nach einer Skizze ...
Brigitte: Aus diesem Handbuch ...
Greta: Wie hieß das noch?
Brigitte: Unser Körper ...
Greta: ... lebt.
Brigitte: Nein.
Greta: Unser Körper ... hat noch Saft. Nein, das ist die Zitrone ...
Brigitte: Unser Körper ist lebendig.
Greta: So ähnlich.
Brigitte: Wir hatten es doch alle.
Greta: Jedenfalls hat Erika doch genau nach Anleitung dieses Gerät gebaut. Weißt du noch? Da war ein langer Schlauch, und am Ende von dem Schlauch war ein Nuppen ...

Brigitte *(lacht)*: Der Nuppen …

Greta: Den hatte sie von ihrer Mutter, die hat damit die Säume abgepufft …

Brigitte: Stimmt.

Greta *(sehr amüsiert)*: Damit mußte ein Vakuum erstellt werden. Und dann hat sie noch alles abgekocht, um es keimfrei zu machen. Und als sie dann endlich fertig war, fiel ihr auf …

beide *(lachend)*: … daß sie schwanger geworden ist.

Brigitte: Hat die sich geärgert.

Greta: Später hat sie's dann doch zum Einkochen benutzt, oder?

Brigitte: Ja, die war immer so praktisch veranlagt.

beide: Erika …

Brigitte: Mein Gott, waren wir drauf …

Greta: Ist das lange her …

Brigitte: Das ist ja gar nicht mehr wahr!

Greta: Das sind Jahre …

Brigitte: Ja. Dieser Zug braucht scheinbar auch Jahre …

Greta: Ja, aber das ist doch schön. Da haben wir richtig Zeit.

Brigitte: Wozu?

Greta: Da können wir reden.

Brigitte: Ja …

Greta: Ach, du …

Lange Pause

Brigitte: Sag mal, wie geht's dir eigentlich?

Greta: Gut. Ich bin verheiratet …

Brigitte: Was denn? Du bist verheiratet? Wie kommt's?

Greta: Tja … Wieso, bist du nicht verheiratet?

Brigitte: Ich? Doch, sicher …

Greta: Na, dann weißt du ja, wie's kommt.

Brigitte: Allerdings.

Greta: Meiner heißt Jürgen.

Brigitte: Jürgen?

Greta: Jürgen Kowazcik.

Brigitte: Den kenn ich doch. Das ist doch dieser Lange mit den großen Ohren. Mit dem hast du doch damals schon ...

Greta: Nein. Der leider nicht ... Äh, ich mein, das war nach dieser Zeit. Aber Jürgen ist auch nett. Er ist Künstler.

Brigitte: Ein Künstler?

Greta: Ja, Jürgen macht ganz verschiedene Sachen. Er macht in Video.

Brigitte: Was denn, für diesen neuen Musikkanal?

Greta: Nein ... Hochzeiten und Beerdigungen.

Brigitte: Ach?

Greta: Ja, und er macht Performances. Outdoor ...

Brigitte: Draußen, oder was?

Greta: Und Keramik.

Brigitte: Keramik?

Greta: Ich dachte auch immer, Keramik wäre bloß Töpfern, aber es ist viel mehr. Jürgen ist sehr avantgardistisch.

Brigitte: Kann man denn davon leben?

Greta: Nein, kann man nicht. Aber wir haben darüber gesprochen.

Brigitte: Ja?

Greta: Öfters.

Brigitte: Hm.

Greta: Wir haben auch eine vorläufige Lösung gefunden. Im Moment verdiene ich das Geld, und später dann Jürgen ... wenn er soweit ist.

Foto: Sabine Mairiedl

»Greta und Brigitte«

Brigitte: Ja … das ist doch so, wie wir uns das damals immer vorgestellt haben, ich meine, unser eigenes Geld verdienen …

Greta: Ja, das haben wir ja so gewollt.

Brigitte: Das haben wir jetzt davon … Wir sind selbständig. Klaus … Klaus ist mein Mann. Klaus und ich, wir haben einen eigenen kleinen Betrieb.

Greta: Ja?

Brigitte: Ja, so einen kleinen Laden …

Greta: Hast du wirklich deine Bäckerei?

Brigitte: Nein … nein, so ähnlich. Wir haben einen Getränkehandel. Das ist auch interessant. Die ganzen verschiedenen Getränke … Du kennst bestimmt unsere Reklame, hm? Die mußt du kennen, die hängt in der ganzen Stadt, die hast du bestimmt schon mal gelesen … Wir haben da Tausende reininvestiert …

Greta: Wie heißt sie denn?

Brigitte: Bier und Brause für zu Hause. Hat Klaus sich ausgedacht. Ja, er macht die Sprüche und ich den Laden.

Greta: Ist ja fast wie im richtigen Leben.

Brigitte: Na ja, aber der Laden läuft gut. Wir haben ein großes Haus, einen kleinen Sohn …

Greta: Ich hab 'ne Tochter.

Brigitte: Oh, 'ne Tochter?

Greta: Hab ich ganz vergessen …

Brigitte: Bitte?

Greta: Ja, aber ich habe sie auch noch nicht so lange.

Brigitte: Ach so.

Greta: Manchmal lass' ich sie auch irgendwo stehen …

Brigitte: Das passiert am Anfang. Das legt sich.

Greta: … aber man bringt Sie mir immer wieder zurück. Ich bin ja auch Spätgebärende. Aber sie ist ganz bezaubernd. Sie trägt 98 und heißt Easter.

Brigitte: Wie heißt sie?

Greta: Easter.

Brigitte: Ich hab dich nicht verstanden …

Greta: Easter. Sie ist zu Ostern geboren, da haben wir sie Easter genannt.

Brigitte: Ja, wie originell. Mein Kleiner heißt Anton.

Greta: Wieso? Äh …

Brigitte: Du, wir fanden das schön.

Greta: Ja, sicher. Das kommt ja jetzt auch wieder. Die ganzen alten Namen … Anton. Hagen … Wuppertal.

Brigitte: Schwiegervater heißt so … Na ja, aber der kleine Anton ist unsere ganze Freude. Das ist so ein Prachtkerl. So ein richtiger Wonneproppen! Er trägt schon 104. Ich weiß gar nicht, von wem er das hat. Na ja, aber ich bin glücklich.

Greta: Jetzt, wo du's sagst … ich bin auch glücklich.

Brigitte: Ja? Also, ich bin sehr glücklich.

Greta: Ich bin auch sehr glücklich.

Brigitte: Also, ich bin wirklich glücklich. Ich bin richtig glücklich. Ich bin so glücklich, das glaubst du gar nicht.

Greta: Nein. Ich mein, doch. Ich mein, da wären wir doch damals nie drauf gekommen.

Brigitte: Da hatten wir doch ganz andere Pläne im Kopf, ganz andere Ideen …

Greta: Also, wenn mir damals jemand gesagt hätte, daß das so endet … äh … sich so entwickelt … da hätt ich aber laut gelacht.

Brigitte: Da hätt ich aber laut mitgelacht.

Greta: Da hätten wir uns aber gut amüsiert

Brigitte: Ja, hätten wir uns mal amüsiert.

Greta: Aber weißt du, was ich immer sage? Ich sag immer: So ist es auch schön.

Brigitte: Du, das stimmt.

Greta: So ist es nämlich auch schön.

Brigitte: Schön isses schon.

Greta: Is schon viel Schönes dabei. Man muß es nur …

Brigitte: … sehen.

Greta: Zum Beispiel letztens, da hat Jürgen eine Performance gemacht …

Brigitte: Ja? Hat er mal eine gemacht?

Greta: Du, er macht schon mal welche. Das kann ich dir ja eben auch noch erzählen …

Brigitte: Ja, wenn der Zug nun gar nicht komt …

Greta: Also, er hat überall riesige Keramikschalen aufgestellt. Alle selbst getöpfert …

Brigitte: Ja, hey …

Greta: Ja, das dauert schon Jahre … Und dann hat er dort … hm … er hat dort … Rinderblut hineinfließen lassen …

Brigitte: … Ja … toll! Das ist ja … äh … das ist …

Greta: … die männliche Menstruation, hat er gesagt.

Brigitte: Sicher. Ich bin da jetzt nur nicht sofort drauf gekommen.

Greta: Aber so sind sie, wenn sie Kunst machen.

Brigitte: So sind sie überhaupt. Hör mal, da kommt endlich dieser Zug.

Greta: Ja, endlich. Ich mein, das ist ja jetzt schade. Es war so schön …

Beide wenden sich in verschiedene Richtungen, im Auseinandergehen rufen sie sich zu:

Brigitte: Wir sehen uns bestimmt mal wieder … bald …
Greta: Ja, ihr müßt uns unbedingt mal besuchen …
Brigitte: Oder ihr kommt zu uns auf die Terrasse …
Greta: Kommt doch zu uns. Wir haben einen kleinen Swimmingpool.
Brigitte: Einen Pool? Wir haben Gewächshäuser!
Greta: Ach, weißt du, Jürgen schwimmt lieber.
Brigitte: Ja, natürlich. Die Künstler … die haben ja auch Zeit. Ciao!
Greta: Ciao, ciao!
Wenden sich endgültig voneinander ab.
Greta: Huhu! Jürgen!
Brigitte: Klaus? Klaus!!!

EIN LIED ZU DER FRAGE, WARUM EINE FRAU TROTZ IHRER ALLTÄGLICHEN ERFAHRUNG (UND NATÜRLICH AUCH BESONDERS DER AM WOCHENENDE) SICH IMMER WIEDER IN MÄNNER VERLIEBT, SOFERN SIE HETEROSEXUELL IST UND OBWOHL SIE SELBER BESTÄTIGT, DASS SIE DIE MEISTEN SCHÖNEN DINGE EHER MIT FREUNDINNEN MACHT

Ich würd so gern die Frauen lieben,
ich wär so gern 'ne Lesbe.
Ganz im Vertrau'n, ich hab's probiert,
ich wär so gern 'ne Lesbe.

Frauen sind verrückt, charmant,
wunderbar und elegant,
haben schönere Frisuren,
interessantere Figuren,
tanzen besser, singen höher,
kein Gefühl ist ihnen fremd,
sind erotisch, schön und stark,
instinktiv intelligent,
und außerdem noch sehr sensibel
und untereinander ... in jeder Variation ...
kompatibel.

Ach würd ich gern die Frauen lieben,
ich wär so gern 'ne Lesbe.
Ganz im Vertrau'n, ich hab's probiert,
ich wär so gern 'ne Lesbe.

Ich find Frauen einfach toll,
selbstbewußt, liebevoll,

manchmal fass' ich eine an,
aber nur soweit ich kann.
Frauen kämpfen, auch alleine,
und sie ha'm die längsten Beine,
weinen, trösten, hassen, siegen,
und sie könn' die Kinder kriegen.
Frauen haben mehr Geduld,
und an den ganzen Kriegen ... sind sowieso ...
die Männer schuld.

Mein Gott, würd ich gern Frauen lieben,
ich wär so gern 'ne Lesbe.
Ganz im Vertrau'n, ich hab's probiert,
ich wär so gern 'ne Lesbe.

Die beste Freundin ist tabu,
ich kann wirklich nichts dazu,
der Funke fehlt, das Unbekannte,
das andere, wie soll ich sagen,
was nur die Männer mit sich tragen,
es ist gegen besseres Wissen,
einen Mann auch nur zu küssen,
ihn zu lieben, noch viel dümmer,
tut mir leid, aber noch schlimmer
wär's ohne Mann
für immer.

WAS MACHEN SIE EIGENTLICH TAGSÜBER?

10 Uhr Frühstück – wahlweise allein auf dem Hotelzimmer oder gemeinsam im Frühstücksraum ... jedenfalls ist um 11 Uhr 30 Abfahrt. Treffen an der Rezeption, wahlweise am Auto ... Dann: Autobahn ... fahren ... fahren ... fahren ... fahren ... Pinkelpause ... Coffee to go ... fahren ... fahren ... fahren ... gute Wegbeschreibungen sind selten ... aber trotzdem finden wir immer unseren Veranstaltungsort ... Guten Tach sagen ... auspacken ... die Technikerin hat dann erst mal zu tun ... die Künstlerinnen dürfen (gegebenenfalls) ins Hotel ... Koffer auspacken ... nur das Nötigste, also die Kultur, Zahnbürste und dergleichen ... eventuell liegen schon Nachrichten an der Rezeption ... von der Agentin, von Mama, vom Herzallerliebsten, manchmal auch von anderen Menschen, die dann irgendwas Wichtiges mit uns besprechen wollen ... ein bißchen telefonieren ... dann ist quasi ein bißchen Zeit zur freien Verfügung ... um 18 Uhr geht's zurück zum Veranstaltungsort ... wir müssen »einrichten«, d. h. alle Requisiten und Kostüme so bereitlegen, daß wir während der Vorstellung nicht lange suchen müssen und in Null Komma nix umgezogen sein können ... dann ist Soundcheck, d. h. soviel wie »eins, eins« ins Mikro sagen ... wir sagen aber auch ganze Sätze ... wir gehen die besonders lauten und besonders leisen Textpassagen durch ... singen die Lieder an und tanzen einmal die Choreografie durch ... dann ist Essenszeit ... mal gibt's was Warmes (das ist immer

Foto: Thomas Range

Frühstück in Berlin

sehr schön) … manchmal auch nur Schnittchen … unser Standardgetränk zum Essen: Apfelsaftschorle … nach dem Essen gerne einen doppelten Espresso und eine Zigarette. Rauchen tun wir übrigens quasi ständig – nach'm Wachwerden, vorm Frühstück, nach'm Frühstück, beim Autofahren … jede für sich oder alle zusammen … um 19 Uhr is Schminken und dabei noch mehr rauchen … um circa 19 Uhr 30 verabschiedet sich die Technikerin mit einem toi, toi, toi … das ist Usus, wir sind da abergläubisch … dann haben wir beiden Künstlerinnen noch ein paar Minütileinchen für uns beide ganz alleine … mal sind wir albern, mal führen wir tiefsinnige Gespräche, oft schweigen wir auch … kurz vor 20 Uhr dann unser toi, toi, toi … und dann: warten hinterm Vorhang … darauf, daß das Saallicht ausgeht und das Bühnenlicht angeht …

Dann die Vorstellung … die ist jeden Abend anders … hängt von vielen Komponenten ab … wie sind die Leute, wie sind wir? …

Abschminken … einpacken … abrechnen … noch ein oder zwei Getränke, auch schon mal drei (Gerburg gerne Sekt mit Eis, Steffi trinkt Bier) … ins Hotel … schön, wenn Nachrichten an der Rezeption liegen … vom Herzallerliebsten oder anderen lieben Menschen … dann ins Bett … am nächsten Morgen: 10 Uhr Frühstück … wahlweise: allein oder gemeinsam … danach Abfahrt nach … wie hieß die Stadt noch mal?

DIE SCHRIFTSTELLERIN

Eine Frau betritt zaghaft, schüchtern die Bühne. Sie trägt ein Buch unter dem Arm, nestelt an ihrer Brille, die sie an einer Kette trägt, oder an ihrem Feinripp-Rollkragenpullover.

Guten Abend. *Räuspern* ... Tiefe ... Tiefe Freude erfaßt mich, heute abend vor Ihnen stehen zu dürfen und mein Gedicht ... Schlammendes Watt ... Italien im Herbst ... ein Versuch ... zu lesen.

Räuspern.

Das Gedicht ist in unzähligen Zyklen entstanden ... Erst spät spürte ich die schicksalhafte Verbindung zu den Zyklen meines eigenen Körpers ... Jahre im Italienischen ... Toskanaerlebnis ... Erste erfolgversprechende Schreibversuche, dann ... Trennung von meinem Mann. ... Zweigstellenbibliotheksleiter in Bad Schwalbach-Süd ... Anfahrt über die Autobahnausfahrt Stadtmitte ... nach langjähriger, beispielloser Ehe. *Räuspern.*

Es folgte eine intensive Auseinandersetzung mit der Einsamkeit ... Sie werden zwischen den Zeilen die inneren Qualen und die Zerrissenheit spüren, aber auch die eruptive Kraft und den neu entfachten Willen, mein Gedicht zu vollenden ... Nach monatelangen Selbstzweifeln fand ich schließlich neue Kraft. Befreit durch die ozonhaltige Seeluft auf Spiekeroog ... wurden neue, schöpferische Kräfte freigesetzt. Ich fühlte mich reif ... Eine kurze, leidenschaftliche Begegnung mit einem friesischen Schollenfischer ... Dünenbekanntschaft ... beflügelte mich, wenn auch unter Schmerz, mein Gedicht endlich aus mir herausbrechen zu lassen.

Foto: Sabine Mairiedl

Stephanie Überall in der Rolle der Schriftstellerin beim Vortrag des Gedichtes »Schlammendes Watt«

Heute abend trete ich nun vor Sie, um es erstmals der Öffentlichkeit preiszugeben ... Ich denke, ich möchte nun nichts mehr vorwegnehmen ... und komme direkt zu meinem Vortrag.

Räuspern. Sie setzt die Brille auf, schlägt das Buch auf, will anfangen und merkt, daß es auf dem Kopf steht, lächelt verlegen, dreht es um und will mit ihrem Vortrag beginnen, setzt aber immer wieder ab, weil sie sich gestört fühlt ... Schließlich dann:

Falten
Sie blättert zur nächsten Seite.
Furchen
blättert um
Gnadenlos
Irgendwie
Augen Flackern Flehend
Alter Schreit
V I E R Z I G ! ! !

Applaus vom Band setzt ein. Sie ist sehr bewegt, verbeugt sich tief. Plötzlich bricht der Applaus ab. Sie ist fassungslos und tritt einen kläglichen Rückzug an. Sie versucht an zwei Stellen aus dem Vorhang zu kommen, findet den Ausgang aber nicht. Sie muß einmal quer über die ganze Bühne, um endlich mit einem Räuspern abgehen zu können.

MATTA & LISBETT

Eine alte Frau (Lisbett) erscheint auf der Bühne, sie stützt sich auf einen Stock, zieht umständlich einen Stuhl hinter sich her. Nachdem sie den Stuhl plaziert und sich fast hingesetzt hat, erscheint eine zweite Frau (Matta), ebenfalls auf einen Stock gestützt.

Matta: Huhu!

Lisbett: Matta, ich weiß, dat du dat bist, aber ich erschreck mich jedesmal.

Matta: Ne, wat is dat schön. Du bis schon da, ne. Ja, du bis noch so 'ne Flotte …

Lisbett geht langsam zu Matta und schnüffelt.

Matta: Wat?

Lisbett: Ob du so stinkst?

Matta: Ach so … ja sicher, ich bin rattig!

Lisbett: Ich wollt doch sagen, den Geruch kenn ich doch. Ich wußte jezz nur nich, bin ich dat oder du. So, dann woll'n wir mal … *will sich setzen*

Matta: Lisbett, du hast den schönsten Hintern vonne Welt!

Lisbett: Ja, ich setz mich da auch ganz ungern drauf.

Beide setzen sich langsam und umständlich, unter ihren Mänteln blitzen zwei Liebestöter.

Matta: Is immer wieder 'n schöner Anblick.

Lisbett rutscht unruhig auf ihrem Stuhl herum und zuppelt an ihrem Liebestöter.

Matta: Lisbett, wat bissu denn so fickerig? Hasse etwa noch nix gehabt?

Lisbett: Von wegen, noch nix gehabt. Heute morgen war der Mackenscheid zum Frühstück da.

Matta: Ou, der Mackenscheid!
Lisbett: Den hab ich erst mit Sekt abgefüllt, und dann hab ich den flachgelegt.
Matta: Gut.
Lisbett: Also, am liebsten mach ich et direkt morgens nach 'm Wachwerden …
Matta: Nach 'm Wachwerden … o ja.
Lisbett: Also vorm Frühstück … oder auch kurz nach 'm Frühstück …
Matta: O ja!
Lisbett: Oder zum Brunsch.
Matta: Zum wat?
Lisbett: Zum Brunsch. Dat is dat allerneuste, dat geht von elf bis vier.
Matta: Dat is ja wie für uns gemacht.
Lisbett: Jou, dat is unsere Nummer. Oder so kurz vorm Mittagessen … und nach 'm Mittagessen … und dann kurz vorm Abendessen … und danach sowieso.
Matta hat den kleinen Vortrag mit zustimmendem Nicken begleitet und rutscht immer nervöser auf ihrem Stuhl herum.
Matta: Lisbett, jezz hör aber auf …
Lisbett: Da kannse mich nachts für wecken!
Matta: Dat glaub ich dir gern.
Lisbett: Is ja wie Radfahren, dat verlernse nich.
Matta: Ne, dat verlernse nich.
Lisbett: Ich sach immer, Safer Sex ohne Zähne.
Beide lachen.
Lisbett: Am schärfsten, ne …
Matta. Wat?
Lisbett (laut): Ich sach: am schärfsten …
Matta. Ach so.

Foto: Harald Hoffmann

»Matta & Lisbett«

Lisbett: Am schärfsten bin ich ja seit meiner letzten Periode.

Matta: Samma Lisbett, wann war die denn?

Lisbett: Ja, laß dat jezz 22 Jahre hersein.

Beide lachen.

Matta: Bevor ich dat vergeß. Ich war heute morgen im Reisebüro. Ich hab dat Ticket für den Flug nach Majorca!

Lisbett: Mallorca?

Matta: Jaja!

Lisbett: Wat willsu denn da?

Matta: Ja, wat will ich da wohl?

Lisbett: Dat gibbet da nich.

Matta: Und obbet dat da gibt.

Lisbett: Und ich sach dir, dat gibbet da nich.

Matta: Und ob et dat da gibt.

Lisbett: Auf Ibiza vielleicht, oder vielleicht noch Jamaica, aber doch nich auf Mallorca.

Matta: Jamaika, so'n Quatsch! Da bisse doch erst stundenlang unterwegs. Ich sach dir, Mallorca, da musse hin.

Lisbett: Dat glaub ich nich, dattet dat da gibt.

Matta: Die Bertha war da, und die sacht, dat gibbet da.

Lisbett: Ja?

Matta: Dat geht doch schon im Flugzeug los. Da lass' ich mir schön vom Pilot dat Cockpit zeigen ...

Lisbett: Der Besuch der alten Dame ...

Beide lachen.

Matta: ... und dann lass' ich im Waschraum immer kommen. Und auf Mallorca dann am Strand, unter freiem Himmel.

Lisbett: Am Strand?

Matta: Jajaja!
Lisbett: Na, hoffentlich krisse da kein Sand ins Getriebe.
Beide lachen. Lisbett stöhnt schmerzhaft.
Matta: Lisbett, wat is mit dir los?
Lisbett: Ach, ich hab et 'n bißken im Rücken.
Matta: Ja, wie kommt dat denn?
Lisbett: Ja, woher kommt dat wohl? Dat kommt jezz vom Autokino.
Matta: Autokino?
Lisbett: Ja, ich war gestern noch mit 'n Heinz im Autokino.
Matta: Mit'n Heinz? Ach, mit dem Schlappschwanz?
Lisbett: Ja, dat hättse mir auch vorher sagen können. Du bis mir vielleicht 'ne schöne Freundin.
Matta: Wat denn, dat siehste doch auffen ersten Blick.
Lisbett: Ob ich dem wohl in die Augen geguckt habe?
Matta: Dat solls du nich machen.
Lisbett: Man macht immer die gleichen Fehler. Bisse tot bis. Aber weisse, wat für'n Film die gezeigt haben?
Matta: Ne, wat denn?
Lisbett: Wilde Geranie ...
Matta: Oh, dat is doch so'n ... so'n ...
Lisbett: Ja, so einer is dat.
Matta: Erzähl!
Lisbett: Also, wir ham direkt alles auffe Liegesitze nachgemacht. Wie sich dat gehört.
Matta: Richtig.
Lisbett: Aber dat is nix mehr für mich.
Matta: Nee?
Lisbett: Nee, der Heinz hat so'n Kleinwagen.
Matta: Ach, der Heinz!
Lisbett: Da machse den Sitz zurück, da bisse sofort im

Kofferraum, und dat kann ich nich mehr. Und wenne duppst, also wenne mal ans Duppen kommst, dann duppste immer gegen die Decke, dat tut auch weh. So'n richtiger Schlappschwanzkleinwagen is dat.

Matta: Ja, dat paßt zum Heinz.

Lisbett: Aber ich hab mich ma umgeguckt im Autokino, die sind alle mit so Schlappschwanzkleinwagen da.

Matta: Ne, ne?

Lisbett: Doch. Ein Schlappschwanzkleinwagen neben dem anderen. So große Sonnenbrillen, aber so kleine Autos. Dat sind doch keine Männer mehr, da kannse nur noch zu Hause auffe Couch Video gucken, sonst machse nix mit denen.

Matta: Ich war ja gestern im Altersheim … den Hans besuchen.

Lisbett: Och, den armen Hans?

Matta: Ja, der kriegt ja keinen mehr hoch.

Lisbett: Nee, den kannse nur noch zum Zugucken benutzen.

Matta: Der kommt ja nur noch bis zum Vorspiel. Und dat kann ich ja nich haben. Immer dat lange Vorspiel. Dat Leben is so kurz. Lisbett, du weißt, ich sach immer Quickies, Quickies, Quickies … Apropos … komm ich hier innen Park, steht da so einer im Mantel.

Lisbett: Ja? Und?

Matta pfeift und macht durch Gesten klar, daß es sich um einen Exhibitionisten handelt.

Matta: Hör ma, der kam mir gerade recht!

Lisbett: Und wo steht der jezz?

Matta: Jezz ist der weg.

Lisbett: Ich hab auch immer 'n Pech.

Matta: Dat dumme Gesicht von dem hättse sehen sollen.
Lisbett: Gesicht. Gesicht. So, ich werd jezz mal los.
Matta: Jou, ich auch.
Lisbett: Machse noch wat Schönes?
Matta: Ja sicher. Ich hab noch ’n Rendezvous. Im Café Schneider. Auffe Damentoilette. Da treff ich den Siggi.
Lisbett: Oh, den Siggi!
Matta: Gestern hab ich da den Erich anne Wand genagelt.
Lisbett: Matta, wat sachse jezz zum Erich?
Matta: Hör mal, den kannse vergessen.
Lisbett: Dat sacht die Bertha auch.
Matta: Ja, die Bertha weiß Bescheid.
Lisbett: Dann lass’ ich den aus. Soviel Zeit hat man nu auch wieder nich. Ach so, von wegen Bertha. Heute abend ist Bridge bei Bertha.
Matta: Ja, gut datte dat sachs.
Lisbett: Dat ist mit Pfänderspiel.
Matta: Gut datte dat sachs.
Lisbett: Da lassen wir dat Korsett weg, dann sind wir beide ganz schnell vorn.
Matta: So machen wir dat wieder. Sach mal, wat mach’s du denn jezz noch?
Lisbett: Ich fahr erstmal mit’m Bus nach Hause.
Matta: Och, sach bloß …
Lisbett: Auf der Strecke wird gebaut …
Matta: Gebaut?
Lisbett: Ja, da ist alles voller Schlaglöcher.
Matta: Oh, da setze dich schön inne letzte Reihe …
Beide machen eine »Auf- und Abbewegung« und lachen.

Lisbett: Is harmlos, aber für zwei Mark fünfzig?!! Und wenn dat nich ausreicht, dann geh ich zu Haus noch 'n bißken auf meine Waschmaschine.

Matta: Mach dat.

Lisbett: Ich hab jezz endlich die neue.

Matta: Ja?

Lisbett: Jou, ich hab mich beraten lassen. Hömma, meine neue Waschmaschine, die macht im Schleudergang eintausendfünfhundert Umdrehungen.

Matta: Lisbett, paß auf, dat gibt dir den Rest.

Lisbett: Dat will ich wohl meinen. War auch teuer genug. Und weisse, wat dat schönste is?

Matta: Nee.

Lisbett: Waschen tut die auch.

Matta: Ja, wat willse mehr.

Lisbett: Da kannse et nich für selber machen.

Matta: Ne, dat kannse nich.

Lisbett: So, ich muß los.

Matta: Machet gut.

Lisbett: Du auch. Und vergiß nich, heute abend Bridge bei Bertha.

Matta: Ja, gut datte dat sachs.

Lisbett: Und ansonsten sehn wir uns Sonntag inne Kirche.

Matte: Inne Kirche, ja.

MATTA UND LISBETT IHR LIED

Gezz oder nie – wir können immer und müssen nie

Junge Frauen, laßt euch sagen
Ihr müßt erst gar nicht lange fragen
Wer fragt, riskiert, verschmäht zu werden
Und Männer muß man frisch verzehren

Im Leben einer jeden Frau
Is manchmal hell und manchmal grau
Schon morgen scheint die Sonne wieder
Da gehen wir wohl ohne Mieder

Ja, dat machen wir
So sind wir

Gezz oder nie – uns geht's gut ...
Dat sachten wir schon
Ne, dat sachten wir nich
Aber dat sieht man doch
Gezz oder nie – vorbei, ei, ei, ist die Menstruation
Gezz oder nie – uns geht's gut
Oh, wir werden 'n bißken tüdelig

Tragen wir auch die dritten Zähne
Wir ham noch jede Menge Pläne
Schließlich sind wir dat schöne Geschlecht
Den andern is dat billig, doch uns is dat recht

Die Haut wird alt, das Herz wird wild
Große Sehnsucht ungestillt? – Pah!

Wir pfeifen auf die grauen Haare
Für uns sind jetzt die besten Jahre
So, gezz muß ich aber auffe Waschmaschine
Aber dat muß doch mal gesagt werden …

Unendlich viele Tränen vergossen
Alles ist umsonst geflossen
Tausendmal sich selbst belogen
Hättse mal lieber den Freund betrogen
Immer wieder Frau gespielt
Und? – Hasse dich etwa gut gefühlt?
Fast alle lieben einen Mann
Dat war dir doch klar, dat dat nich gutgehen kann.

INTERVIEWS

Schrecklich.

Meistens sind die Journalisten schlecht vorbereitet oder gar nicht. Meistens schreiben sie unsere Namen falsch. Und meistens sind sie nicht wirklich an unseren Antworten interessiert.

Die schlimmsten Fragen.

Wie kam es damals dazu? (Sehr praktisch für jemanden, der überhaupt keine Ahnung hat und der uns mit dieser Frage in einen ungeheuren Erklärungszwang setzt.)

Wie kommen Sie eigentlich auf all diese Ideen? (Was soll man darauf antworten? Durch transzendentale Meditation? Durch Klauen?)

Glauben Sie wirklich, daß die Frauenbewegung etwas verändert hat? (Was immer wir auf diese Frage antworten, es kann nur falsch sein.)

Was sagt denn Ihr Mann dazu? (Wir dürfen!!!)

Was bedeutet eigentlich Missfit? Hat das was mit dem Monroe-Film zu tun? (Hier ist unsere Frustrationstoleranzgrenze erreicht, wir bekommen glasige Augen und schalten ab sofort auf Automatik.)

Wann ist Ihr nächstes Konzert?

(Hier ist Ende!)

Foto: Harald Hoffmann

»Interviews ...«

Foto: Harald Hoffmann

ZWISCHENTÖNE

1990–1994

Guten Abend. Tja, also, wir fangen jetzt mal an. War heute eigentlich ein ganz schöner Tag, aber die Kollegin ist ja völlig verschleimt, von oben bis unten verschleimt, aber da haben wir ja die Dinger. Die Dinger! *Es wird in das Microport, das wir unter dem Pony tragen, »Test« geschrien.* Die Dinger sind schon ganz gut, das geht hier hinten auch noch weiter, also, wir sind völlig verkabelt, und das sind die Öschis, diese unnatürlichen Beulen da hinten. In dem Öschi ist eigentlich alles drin: Amplifier, Analyser, Equalizer, Minibar, doppeltes Laufwerk, Video, alle Kanäle, MTV, jetzt auch Viva zwei, also wenn wir Langeweile haben, gehen wir einfach nach hinten und amüsieren uns mit unseren Öschis.

Allerdings, wir haben da mal drüber gesprochen, die Dinger sind schon, also schon irgendwie männlich besetzte Technik. Also schon irgendwie frauenfeindlich. Die sind zwar klein, aber phallisch. Ja, klein, aber phallisch. Wenn die z. B. uns gefragt hätten – aber uns fragt ja keiner –, aber wenn, wir hätten die ganz anders konstruiert, also flach, als Scheibe und fleischfarben, hätte man sich die irgendwo hingeknallt, überschminkt, fertig. Aber da kommen die Jungs ja nicht drauf, da haben die eine andere Bedürfnisstruktur. Oft, daß sie auch gar nichts haben, was sie ponymäßig da drübertun können, auch wenn sie von ganz hinten was holen wollen, da ist oft gar nichts. Na ja.

Tja, jetzt sind wir ja auch ein bißchen berühmt, so, jetzt kommen z. B. auch die Interviews. Mit Männern. Oder besser, gegen Männer. Oder: Männer gegen uns.

Wenn Männer fragen. Kein Thema. Wenn Männer Frauen Frauenfragen fragen. Unsäglich. Als Feministin untragbar. Kein Thema. Männer und Intelligenz. Kein Thema. Nicht heute abend.

Sagen Sie mal, Sie machen doch Frauenkabarett? Das ist doch Frauenkabarett, was Sie da machen. Nein, ich find das auch sehr schön, ist ja auch sehr schön anzusehen, aber das ist doch feministisch, nicht wahr? Sooo, Sie sind also Feministin? Hm, hm. Was haben Sie denn da gegen Männer? Sie haben doch was gegen Männer. Also, das ist doch feministisches Frauenkabarett, was Sie da machen. Da müssen Sie doch was gegen Männer haben, also, was haben Sie denn gegen Männer? Aha, hab ich mir's doch gedacht. Sie haben also was gegen Männer!

Sagen Sie mal, wenn Sie da so Frauenkabarett machen, dann sind Sie doch nur Frauen.

Bitte?

Nein, ich meine, dann sind Sie doch nur Frauen. Ich find das ganz charmant, kann man auch besser hingucken, aber Sie sind doch *nur* Frauen.

Wie, nur?

Jetzt verkrampfen Sie doch nicht gleich. Bleiben Sie ganz locker, ja?

Ich bin ganz locker.

Und der Techniker ist auch eine Frau.

Ist er, ja.

Ja, auch nachts im Hotel sind Sie doch immer nur Frauen.

Was meinen Sie denn?

Dann sind Sie beide doch bestimmt, also, ich meine, dann müssen Sie beide doch bestimmt, nein, sagen

Sie das ruhig, bevor jemand anders das über Sie sagt …

Also, ich würd ja gern was sagen, ich weiß nur nicht …

Dann sind Sie doch mit Sicherheit …

Wollen Sie vielleicht wissen, ob wir lesbisch sind?

Tja, also, ich …

Nein, wir sind heterosexuell.

Ach! Privat auch?

Ja. Schade, ne?

Nein, nur, nur, da kommt einiges zusammen. Aber einiges. – Sagen Sie mal, dieses Nummernprogramm – Nummernprogramm darf man aber sagen, da verkrampfen Sie nicht –

Nein, wieso? Das darf man sagen, Nummernprogramm.

Ja, ist das denn politisch?

Nein, kann ja gar nicht.

Sind ja nur Frauengeschichten.

Ja, ne.

Politisch …

Und, ist das komisch, was Sie da machen?

Komisch? Nein, kann ja gar nicht. Nein.

Nein, wenn Frauen versuchen, komisch zu sein, machen sie sich lächerlich. Kennt man ja.

Und jetzt noch eine allerletzte Frage: Gibt es in Ihrem Programm so etwas wie einen roten Faden?

Ja, den gibt's.

Ach. Was kann das sein?

Das ist die Menstruation.

Ach.

Ja, da kommt jetzt einiges zusammen.

O ja. Da kommt einiges zusammen.

Noch ganz kurz. So als Frau auf der Bühne, also, kann man denn da älter werden?

O ja, schlagartig.

Aber Älterwerden ist für uns kein Thema. Nein, früher vielleicht, heute nicht mehr, also das ist vorbei, dann wird man eben älter. Es gibt andere Frauen, die sind noch älter als wir. Und es soll gar nicht mal so schlimm sein, soll noch einiges kommen, jaaa. Gut, es fängt an zu schwabbeln. Schwabbeln. Also, schwabbeln ist, wenn der ganze Körper in die eine Richtung geht, aber ein Teil in eine andere Richtung ... Aber dann schwabbelt das eben. Ist für uns kein Thema. Außerdem, es hat mal gespannt. Ja. War 'ne schöne Zeit. Kann ich mich noch gut dran erinnern. Bei mir spannt es noch.

Da mußt du das Köpfchen aber schon ganz hoch halten.

Ja, das mach ich auch. Aber es kann jeden Moment passieren. Sie stehen morgens auf, gucken in den Spiegel und – es schwabbelt. Aber ist kein Thema, nein. Es gibt Männer, da schwabbelt es nur. Und die gehen auch arbeiten.

Ach Männer. Männer? Männer ist auch kein Thema. Nein, nicht für uns. Also früher vielleicht, heute nicht mehr. Das ist vorbei. Das haben wir hinter uns. Da stehen wir so was von drüber. Männer, da hab ich ganz andere Probleme.

Ja, die hat sie. Männer – wie sagst du immer so schön?

Kennse einen – kennse alle. Ja, so isset doch. Aber das ist das Prinzip Hoffnung, was einen dann immer so weiter treibt – hat sich übrigens auch ein Mann ausgedacht, kluges Köpfchen. Na ja, ich muß jetzt nach hinten, mich zum ersten lustigen Sketch umziehen.

Tja, mach dich mal ein bißchen zurecht.

Also, viel zurechter geht nicht.

Und was mach ich?

Na ja, vielleicht fällt dir ja noch was zum Thema Männer ein, aber schön sachlich bleiben.

Sachlich! Also hasse Zeit, hasse keine Lust; hasse Lust, hasse keine Zeit; und hasse Lust und Zeit, hasse keinen Mann, oder nicht den richtigen. Oder so einen, der dir die Welt erklärt. Kennen Sie die? Erklären stundenlang, ob du's hören willst oder nicht, nee, ich sach nur: Männer!

Stephanie: Guten Tag, ich komme wegen meinem Antrag.

Gerburg: Ja, das tun sie alle. Nehmen Sie Platz.

Stephanie: Danke.

Gerburg: So, ich bräuchte dann zunächst einmal Ihren Code.

Stephanie: Sie brauchen meinen … Kot?

Gerburg: Ja, sicher. Wir unterscheiden die Anträge durch den Code.

Stephanie: Sie wollen mir erzählen, Sie unterscheiden das durch den … Kot?

Gerburg: Das mach ich nicht persönlich. Das macht der Computer.

Stephanie: Ja, das der so was kann! Aber ich kenn mich mit diesen Dingern auch gar nicht so aus.

Gerburg: Das müssen Sie auch nicht. Sie geben mir jetzt Ihren Code …

Stephanie: NEIN! Also, ich meine, das hat mir niemand gesagt. Wenn man mich vorher informiert hätte, dann hätte ich mich da entsprechend vorbereitet, aber so …

Gerburg: Gut. Es gibt Menschen, die wissen Ihren Code nicht auswendig, aber die haben ihn dann wenigstens dabei.

Stephanie: Ja, zu diesen Menschen gehöre ich nicht! Ich weiß nicht, was andere Leute so mit sich rumtragen …

Gerburg: Also ohne Ihren Code kommen wir hier keinen Schritt weiter.

Stephanie: Ja, was sollen wir denn jetzt machen?

Gerburg: Es gäbe da noch eine assoziative Methode, um an Ihren Code heranzukommen. Sollen wir das mal ausprobieren?

Stephanie: Jetzt?

Gerburg: Jetzt und hier. Setzen Sie sich einfach mal ganz locker hin.

Stephanie nimmt eine eher verklemmte Haltung auf dem Stuhl ein.

Gerburg: Ist das das Lockerste?

Stephanie: Hm.

Gerburg: Wie heißen Sie?

Stephanie: Möller.

Gerburg: Und mit Vornamen?

Stephanie: Elisabeth.

Gerburg: Dann müßte Ihr Code also beginnen mit EM … Löst das etwas in Ihnen aus?

Stephanie: Also, so kann ich nicht!

Gerburg: EM … Denken Sie nach …

Stephanie: Also … jezz sagen Sie nicht, Sie meinen diese Nummer, die oben auf dem Antrag steht. Wissen Sie, was ich gedacht habe? … NEIN! Ich hab gar nichts gedacht! Ich … ich … ich kann mir Zahlen nicht merken. Aber ich hab bestimmt dieses Plastikkärtchen dabei. Ist es das? Es gibt ja jetzt überall solche Plastikdinger.

Gerburg: Da haben Sie die ganze Zeit Ihr Code-Kärtchen in der Tasche, und wir machen hier so ein Theater.

Stephanie: Mein Kot-Kärtchen …

Gerburg: Da steht's doch. EM 718 LL 16.

Stephanie: Ja, das wär dann wohl ich.

Gerburg: So, hier ist dann auch Ihr Antrag.

Foto: SDR-Archiv, Christel Korte

Die erste Version der »Retortenstation« zu Ehren von Inge Meysel in »Auf der Couch«, SDR 1990

Stephanie: Ist er schon bewilligt?

Gerburg: Nein. Ich muß Ihnen noch ein paar Fragen stellen.

Stephanie: Ja, das hab ich mir schon gedacht, also, daß Sie noch Fragen haben, also, daß da noch Fragen offengeblieben sind. Fragen Sie nur, ich ...

Gerburg: Ja, dann fangen wir jetzt einfach mal an.

Stephanie: Ja, von mir aus, gerne.

Gerburg: Sie sind 34 Jahre alt?

Stephanie: Ja, ich bin 34. Ich weiß, was Sie jetzt denken. Das ist ein bißchen alt, nicht wahr?

Gerburg: Nein …
Stephanie: Doch, das denken Sie doch. Ist ja auch ein bißchen spät. Aber ich meine, es dauert ja …
Gerburg: Es dauert genau 34 Jahre, bis Sie 34 sind.
Stephanie: Nein. Ja. Das auch. Aber ich meine, es dauert, den Richtigen zu finden.
Gerburg: Den richtigen was?
Stephanie: Mann.
Gerburg: Aber da haben Sie was Entsprechendes gefunden?
Stephanie: Ja, da hab ich was.
Gerburg: Schön. Aber Sie sind 34?
Stephanie: Ja.
Gerburg: Sie sind 1,78 groß? Stimmt das?
Stephanie: Ja. 1,78. Ich weiß, was Sie jetzt denken …
Gerburg: Nein, ich denke nicht.
Stephanie: Doch, das tun doch alle. Is 'n bißchen groß für 'ne Frau, nicht wahr? Also 1,78 ist schon groß. Aber es macht mir nichts aus! Ich komm gut damit zurecht. Bin ich eben 1,78 … Mein Mann ist ein bißchen kleiner als ich. Er geht mir so bis hier.
Geste bis zum Hals.
Gerburg: Ist doch eine wunderbare Größe.
Stephanie: Ja, wir kommen auch klar. Er schaut so rauf, ich schau so runter.
Gerburg: Aber Sie sind 1,78?
Stephanie: Ja, ja, ich bin 1,78 …
Gerburg: Danke. Wie groß Ihr Mann ist, können wir ja dann ausrechnen. Irgendwelche restriktiven Maßnahmen bezüglich einer Nachkommenspermission?
Stephanie: Bitte? Ich hab nicht verstanden, was –
Gerburg: Eine oder mehrere Abtreibungen??

Stephanie: NEIN! Also ... wo denken Sie hin? Das wird niemals vorkommen! Allein dieses Wort, das könnte ich schon nicht in den Mund nehmen.

Gerburg: Ist ganz einfach – Abtreibung!

Stephanie schweigt.

Gerburg: Optische Regenerierungseingriffe?

Stephanie: Ob was?

Gerburg: Liftings, Brustvergrößerungen, Schamlippenveränderungen?

Stephanie *(schreit)*: NEIN! Also ... Nein! Das ist alles völlig in Ordnung, so wie es ist. Das ist sehr schön, sagt mein Mann. Da muß nichts dran, und da muß auch nichts ab.

Gerburg: Ihr Mann findet das also schön?

Stephanie: Ja.

Gerburg: Na ja ... Tragen Sie selber aus?

Stephanie: Ja. Wer soll das denn sonst machen?

Gerburg: Dafür, liebste EM, gibt es speziell trainierte Frauen, die diesen doch eher unangenehmen Teil der Schwangerschaft gerne für Sie übernehmen.

Stephanie: Ja? Nein, also das würde ich doch lieber selber machen. Ich meine, wenn das möglich ist.

Gerburg: Möglich ist das schon.

Stephanie: Danke. Das ist lieb.

Gerburg: Steht denn der physiologische Mitarbeiter schon fest?

Stephanie: Der was? ... Nein, nein.

Gerburg: Nicht? Nun, das ist nicht weiter schlimm. Das können Sie ja quasi drei Sekunden vorher entscheiden.

Stephanie: Ja? Nun, wenn ich ehrlich bin, weiß ich nicht so genau, was Sie jetzt meinen. Also, ich weiß, in welches Krankenhaus ich gehe. Wollen Sie jetzt wissen, wer da zuständig ist, oder was?

Gerburg: Nein. Sehen Sie mal, liebste EM, die Frage geht dahin zu erfahren, ob der Mann, ja …

Stephanie: Bitte?

Gerburg: Mann. MANN!

Stephanie: Ich verstehe. Mann.

Gerburg: … der die … Befruchtung, hm?

Stephanie: Die … hm …

Gerburg: Ja. Ob der schon feststeht?

Stephanie: Also … Ja, natürlich!

Gerburg: Nun, wer soll es sein?

Stephanie: Ich dachte da an meinen Mann.

Gerburg: An Ihren eigenen?

Stephanie: Ja.

Gerburg: Dieser? *Macht die Geste der Größe bis zum Hals.*

Stephanie: Ja. Also, ich meine, wenn das möglich ist.

Gerburg: Möglich ist alles. Wir können das einrichten. Das ist nur sehr selten. Die meisten Frauen benutzen unseren spermatoiden Self-Service-Automaten.

Stephanie: So was haben Sie? Aber das möchte ich nicht, wissen Sie, mit so einem Gerät … da könnt ich nicht.

Gerburg: Ja, das Gerät wahrscheinlich auch nicht mit Ihnen. Nun, wenn Sie alles selber machen wollen …

Stephanie: Ja, das möchte ich. Wissen Sie, ich freu mich da richtig drauf.

Gerburg: Ja, den Eindruck machen Sie tatsächlich. Nun, für Selbstanlegerinnen haben wir da allerdings noch einen kleinen Test.

Stephanie: Ach, soll ich mich schnell frei machen?

Gerburg: Nein, bleiben Sie unfrei. Es ist ein mentaler Test. Zur Feststellung Ihrer konditionellen Toleranzschwelle. Sie nehmen jetzt einmal dieses Telefon …

Stephanie: Ja, das kann ich machen.

Gerburg: Stellen Sie sich besser hin, damit Sie mehr Bewegungsfreiheit haben. So, nun stellen Sie sich vor, Sie telefonieren mit dem Chef Ihres Mannes. Er möchte gerne wissen, ob Sie mit einem Umzug einverstanden sind, weil sich die berufliche Position Ihres Mannes verbessert, etc. Sagen wir einmal, ein Umzug nach Mexiko.

Stephanie: Mexiko???

Gerburg: Ja. Oder wär Ihnen Guatemala lieber?

Stephanie: Nein, auf keinen Fall. Aber Mexiko? Was spricht man denn da?

Gerburg: Spanisch oder Maja. Aber der Test ist auf deutsch. Also. Und los.

Stephanie: Also, dieses Telefon klingelt …

Gerburg: Ring, ring.

Stephanie: Hallo? Ja, ich weiß, wer Sie sind.

Gerburg: Ach, ich vergaß, es handelt sich um einen Sichtkommunikator.

Stephanie: Um einen was?

Gerburg: Der Chef kann Sie sehen und Sie ihn. Also verhalten Sie sich entsprechend. Lächeln Sie …

Stephanie: Ja, haaallo! Is ja hochmodern, ne?

Gerburg: Gesprochen wird aber immer noch in die Muschel.

Stephanie: Ach so, ja, das habe ich mir eigentlich schon gedacht. Ja, also, mein Mann ist gar nicht da, und ich persönlich, ich halte ja gar nichts von Mexiko. Nein. Ich kann die Sprache nicht, und außerdem isses da viel zu heiß. Das schlagen Sie sich mal ganz schnell aus dem Kopf …

Gerburg: Kind eins schreit. Was tun Sie?

Stephanie: Was denn, ich habe ein Kind?

Gerburg: Ja, sicher. Dies ist ein Belastungstest. Also, was tun Sie?

Stephanie: Na, ich höre auf zu telefonieren und kümmere mich um mein Kind. Ja, duididuidi du …

Gerburg: Denken Sie an den Chef …

Stephanie: Ach so. Ja, kleinen Moment, ich hab jetzt keine Zeit. Ja, was hast du denn, mein Süßer? Äh, nein! Ich meine nicht Sie. Moment, Ruhe. Nein … äh …

Gerburg: Der Türcomputer meldet einen Besucher.

Stephanie: Ja, da hab ich doch jetzt gar keine Zeit … Wer ist es denn?

Gerburg: Ihre Mutter.

Stephanie: NEIN! Ja, soll reinkommen. Mama, kümmer dich um das Kind!

Gerburg: Halt! Sie dürfen nicht delegieren.

Stephanie: Gut. Mama, setz dich irgendwo hin und sei still. *Zum imaginären Kind:* Du bist jetzt auch still! *Zum Chef:* Was ist? Ja, Mexiko. Das sagten Sie bereits …

Gerburg: Ihre Mutter geht ins Schlafzimmer.

Stephanie: Ja, soll Sie doch ins Schlafzimmer gehen. Kann sie ja bügeln, oder was.

Gerburg: Sie bügelt aber nicht. Sie findet Ihre Lederunterwäsche.

Stephanie: Nein, Mama, die gehört mir nicht!

Gerburg: Dann gehört Sie wohl Ihrem Mann.

Stephanie: Nein…

Gerburg: Ihre Mutter probiert die Lederunterwäsche an.
Stephanie: Mama, laß das sein, das steht dir nicht. Mama, komm hier bloß nicht rein! Hier ist so ein Sichtding. Hallo! Ja, Mexiko. Sicher.
Gerburg: Oh, ich sehe gerade, Kind zwei bekommt Blähungen.
Stephanie: Was sagen Sie, ich habe zwei Kinder?
Gerburg: Dies ist ein Belastungstest. Das ist der Streßfaktor, und der bläht.
Stephanie: Ja, der bläht. Da weiß ich jetzt auch nicht. Ich hab keine Ahnung. Mama! Nein, dich kann ich nicht fragen. Ja, Kind, da mußt du selber mit fertig werden. Ich weiß es nicht …
Gerburg: Kind eins ist gerade vom Wickeltisch gefallen.
Stephanie: Ja, wie kommt das denn? Jetzt liegt es da. Es blutet …
Gerburg: Kind zwei läuft blau an.
Stephanie: Ja, warum das denn? Ich meine, was hat es denn? Dann soll es doch atmen. Du wirst wohl doch selbständig atmen können! Was soll ich denn noch alles machen …
Gerburg: Ihre Mutter tanzt auf dem Balkon.
Stephanie: Mama, ich hab hier eh schon Ärger!
Gerburg: Und Ihrem Mann wird gerade gekündigt.
Stephanie: Also, jetzt hören Sie mir mal gut zu!
Gerburg: Jetzt haben Sie in Kind eins getreten.
Stephanie: Ja, das tut mir leid.
Gerburg: Jetzt sehen Sie sich einmal diese Matsche an. Ist ja ekelhaft.
Stephanie: Das tut mir leid. Das lag da plötzlich so rum. Mein Gott, die sind ja unberechenbar. Sehen Sie mal, ich wollte auch nur ein Kind …

Gerburg: Auch wenn Sie nur ein Kind wollen, Sie können da nicht einfach reintreten.

Stephanie: Nein …

Gerburg: Wissen Sie was? Wir gehen jetzt zusammen nach hinten, und Sie sehen sich vielleicht doch einmal unsere Automaten an, ja?

Stephanie: Ja, wenn Sie meinen. Kann man denn da irgend etwas aussuchen?

Gerburg: Ja, die gibt es in grün, rot und blau.

Stephanie: Vielleicht was ganz Ruhiges, was nicht spricht und was sich gar nicht bewegt.

Gerburg: Ohne Arme, ohne Beine. Vielleicht viereckig, was nicht rollt …

DIE SCHNULZE

Gerburg kommt in einem schulterfreien Kleid auf die Bühne, in dem sie sich offensichtlich unwohl fühlt. Um den oberen Teil des Kleides am Abrutschen zu hindern, fährt sie immer wieder mit der Hand zum Rand und zerrt ihn hoch. Dazu kommt, daß sowohl die Technikerin Susanne als auch die Kollegin Stephanie sie an der Darbietung ihres Liedes hindern wollen. Das beginnt damit, daß ihr Gesangsmikro nicht an ist.

Gerburg: Susanne?
Susanne: – –
Gerburg: Susanne? Bist du weg? Suuuusanne!
Susanne: Was ist?
Gerburg: Ah! Mein Mikro ist nicht an.
Susanne: Du willst doch nicht allen Ernstes diese Schnulze noch mal singen?
Gerburg: Doch. Dochdoch!
Susanne: Weiß die Kollegin davon?
Gerburg: Im Prinzip, ja.
Susanne: Gut, dann mach ich es jetzt an.
Gerburg: Vielen Dank ... Kennen Sie das Gefühl?
Susanne: Willst du denn auch noch die ganze herzzerreißende Geschichte vorher erzählen?
Gerburg: Liebe Susanne, die Geschichte und das Lied sind eine Einheit, ja!? Und wäre es dir recht, wenn wir das nach der Vorstellung besprechen?
Susanne: Bitte.
Gerburg: Kennen Sie das Gefühl? Sie haben alles hinter sich. Sie haben alles irgendwie verarbeitet. Sie rufen ihn nicht mehr an. Sie sprechen auch nicht mehr

diese dummen Sprüche auf seinen Anrufbeantworter. Liebe macht doof. Sie tauchen nicht mehr da auf, wo er abends höchstwahrscheinlich auch auftaucht. Und irgendwie finden Sie diese Anette ja auch ganz nett – so als Frau! Aber dann, eines Abends, hören Sie dieses ganz vertraute Klingeln an Ihrer Haustür ... und Sie merken, wie Sie schwach werden.

Gerburg stellt sich in Singposition, aber keine Musik ertönt. Nach einer Weile:
Susanne: Bist du soweit?
Gerburg: Ja, ich bin schon die ganze Zeit soweit.

Die Musik erklingt, wird aber mitten im Lied angespielt.

Gerburg: Könnte ich das Lied vielleicht von Anfang an haben, sonst finde ich meinen Einsatz nicht.
Susanne: Moment, dann muß ich noch mal spulen.

Endlich ertönt der richtige Einsatz. Allerdings hört man jetzt von der Hinterbühne einen lauten Schrei:
Stephanie: Nein!!!!

Gerburg singt dennoch.

Lange her
fast nie mehr
hab ich an dich gedacht
bis gestern nacht
und jetzt stehst du da

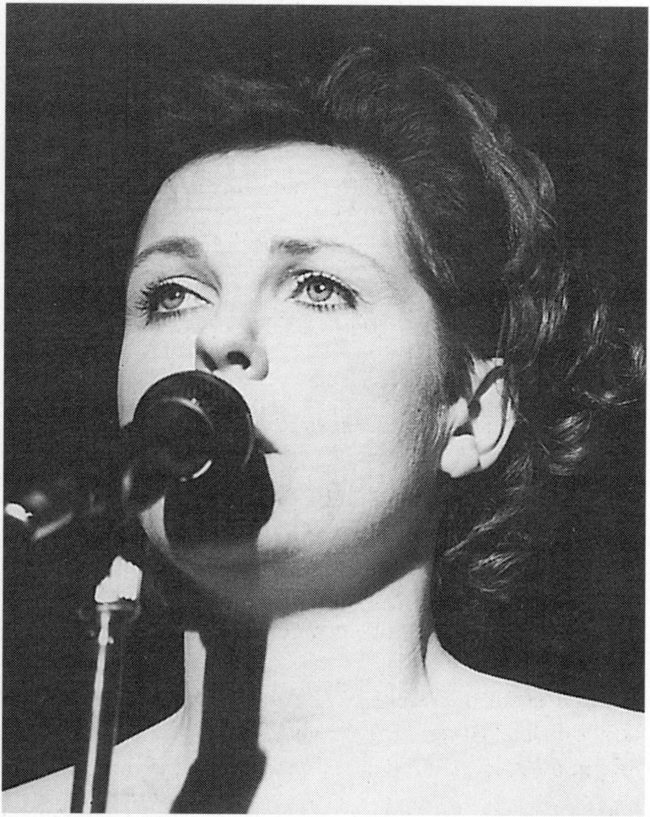
Foto: Sabine Mairiedl

Gerburg Jahnke bei dem Versuch, die »Schnulze« zu singen

seltsam ist
man vergißt
wieviele Tränen man
weinen kann
und jetzt stehst du da

jede Nacht
durchgemacht
mir brach das Herz entzwei

Im Hintergrund kracht ein schwerer Gegenstand auf den Boden.

einerlei
und jetzt stehst du da

ich will dich nie mehr wiedersehn
du wirst das nie verstehn
es wird nie wieder so sein
ich will dich nie mehr wiedersehn
nicht noch mal wiedersehn
es geht mir gut, so allein

Stephanie kommt auf die Bühne, sie hat das Kostüm für die nächste Nummer auf einem Bügel mitgebracht, versucht es, Gerburg um die Schulter zu legen, gleichzeitig redet sie beschwichtigend auf sie ein, doch mit dem Singen aufzuhören. Gerburg wirft das Kostüm nach ihrer Kollegin, droht ihr mit dem Bügel und schmeißt sie von der Bühne. Dummerweise muß sie den Rest des Liedes mit einem Bügel in der Hand weitersingen.

Zeit verstrich
ohne dich
ich kam auch so zurecht
egal, wie schlecht
und jetzt stehst du da
kein Gefühl, alles still

Das Licht geht aus.

Gerburg: Susanne, mach das Licht wieder an!!!!

Susanne macht statt dessen einen Verfolger an, mit dem sie die Sängerin erbarmungslos über die Bühne zieht, bis diese in einer knienden Position am Bühnenrand singen muß, wenn sie noch im Lichtkegel sein will.

Ich brauch dich nicht mehr
brauch dich so sehr
und jetzt stehst du da
ich will dich nie mehr wiedersehn
du wirst das nie verstehn
es wird nie wieder so sein
ich will dich nie mehr wiedersehn

Hier reicht es der Technikerin endgültig, sie macht jetzt auch den Verfolger aus.

Susanne: Wiedersehn!!

Das Bühnenlicht geht wieder an, Gerburg erhebt sich und rauscht wutentbrannt von der Bühne.

DER GUTE TON, DAS KLEINE LICHT – TECHNIK, DIE BEGEISTERT …

Foto: Ulrich von Born

… das ist Susanne oder auch Frau Fünderich – unsere Technikerin.

Seit sieben Jahren dabei und nicht mehr wegzudenken. Wir haben sie damals engagiert, weil wir wußten, daß sie einen Plattenspieler bedienen kann, und haben es nicht bereut. Sie macht nicht einfach nur hell und dunkel … sie herrscht nachgerade über die 24 Kanäle des Mischpultes, rückt uns ins rechte Licht und fährt mit sensibler weiblicher Hand den Ton. Ihre natürlichen Feinde: Hausmeister.

Ihr heimlicher Wunsch: uns einmal mit mehr »bumms« als »zisch«* zu verstärken.

Sie ist Autodidaktin mit Hang zur Perfektion. Eine Technikerin ohne Diplom … aber wir werden ihr mal eins verleihen.

Mittlerweile ist sie so gut, daß Kollegen sie gerne »ausleihen« – aber wir tauschen nicht.

Sie ist das wandelnde Textbuch, kann Kopfschmerzen wegmassieren und schlimme Pickel ausdrücken, sie fährt gut und ausdauernd Auto, teilt unseren Humor und ihre letzten Zigaretten. Vor Premieren schläft sie genauso schlecht wie wir.

»Ein Geschöpf mit engelsgleicher Geduld«, wie ein Journalist einmal sehr treffend feststellte, »die Frau hinter den Frauen, die für den reibungslosen Ablauf der Vorstellungen sorgt.«
Gut – sie weiß nicht immer, wo gerade ihre Jacke ist oder wo genau sie ihre Tasche abgelegt hat, aber wen interessieren solche Nebensächlichkeiten, wenn es um delays, sub-woofer und Par 64er geht?*

* Was das genau ist? Fragen Sie nicht uns, fragen Sie Susanne!

FREUNDINNEN

Zwei Frauen – wie du und ich – treffen sich auf der Bühne zur nächsten Nummer. Es sind die beiden Kabarettistinnen, privat. Die eine, die gefragt wird, ist ein bißchen entnervt, weil die Kollegin das vorausgehende Solo massiv gestört hat.

Findest du mich eigentlich schön?

Bitte?

Mein Gott, ist doch 'ne ganz einfache Frage, ob du mich schön findest?

Soll ich das jetzt hier vor allen Leuten …

Na, du wirst doch als Freundin und Kollegin eine Meinung haben. Komm, sag's mir, dann geht's mir wieder besser.

Wie kommst du darauf, daß es dir danach bessergehen könnte??!!

Bitte?

Ich habe das noch nie unter dem Aspekt betrachtet, aber stell dich ma mittig.

Was soll das denn?

Du sollst dich mittig stellen, damit ich mir das angucken kann.

Was willst du dir denn da angucken? Wir kennen uns doch seit Jahren.

Ich guck normalerweise, ob du da bist, nicht, ob du schön bist.

Na, wunderbar.

Und vielleicht eine lockere Grundhaltung.

Tja, wie steht man denn da, ich weiß nicht, so vielleicht?

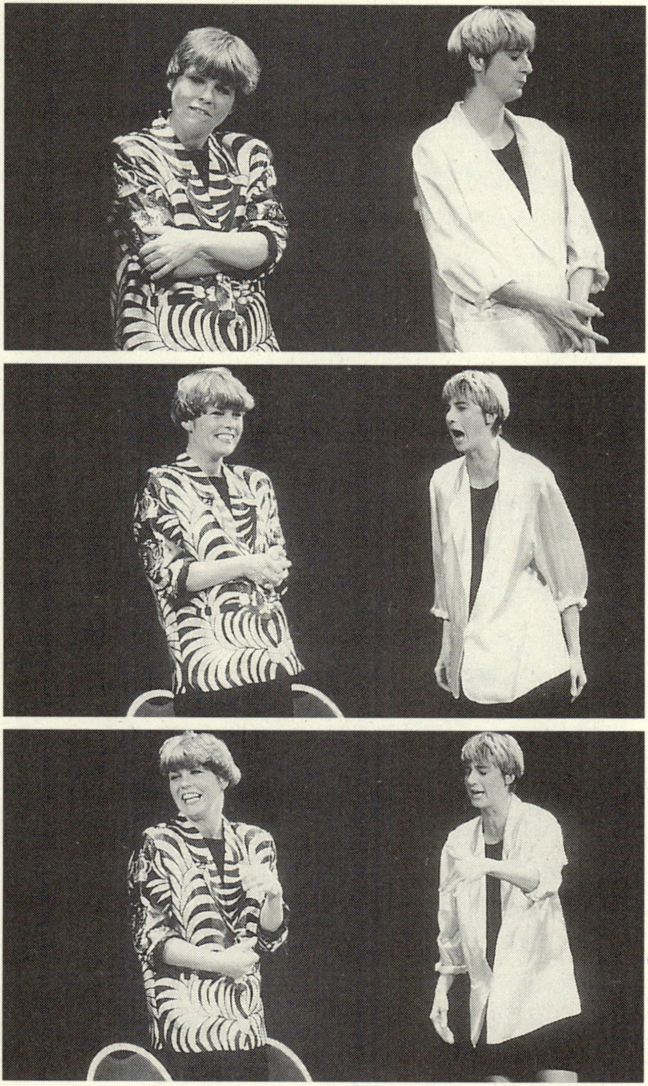

Fotos: Helge Jakubowski

Extremitäten extern hängen lassen.
O Gott.
Also, tja, ich finde, du bist gut gepflegt.
Bitte?
Ja, im Ernst, ich finde, du bist gut gepflegt.
Ich geb mir auch alle Mühe.
Is ja auch gar nicht so einfach, bei dem Wetter.
Ja, ne? Mal kalt, mal warm.
Ich meinte auch mehr optisch.
Rosa steht mir gut, ne?
Gleicht aus.
Aha.
Und außerdem hast du was, warte, was war das noch mal, gib mir zwei Tage Zeit ... genau, du hast Charakter. Eine Frau mit Charakter.
Charakter. Aha.
Und du bist interessant.
Bitte?
Ich finde, du bist irgendwie das, was man eine interessante Frau nennt.
Das ist ja interessant.
Außerdem ist Schönheit gar nicht so wichtig.
Nicht so wichtig!
Nein, es gibt im Leben einer Frau Eigenschaften und Werte, die viel wichtiger sind als Schönheit.
Da bin ich aber mal gespannt.
Charme zum Beispiel, Witz und Humor ...
Kenn ich!
Ach? Ein bißchen Intelligenz.
Ein bißchen.
Ja, sozusagen latente Intelligenz.
Ja, danke schön.

Und ganz wichtig, für Frauen quasi unverzichtbar, wird dir jetzt allerdings nicht viel sagen, ist Sensibilität.

Na, die hast DU ja.

Stimmt, die hab ich für uns beide.

Ja, vielen Dank.

Gern geschehen. Ich hoffe, ich hab deine Frage damit zur Genüge beantwortet.

Allerdings.

Und ich muß gestehen, es war mir ein Vergnügen.

Das glaub ich dir gern, ich finde dich übrigens auch sehr charaktervoll.

Bitte? Das kommt jetzt aber ein bißchen aggressiv rüber.

Nein, das ist mein Ernst, ich kann das nur nicht so sagen. Du strahlst so ...

Nein, das glaub ich nicht.

Doch, du strahlst, da, da, da strahlst du schon wieder. Ist es nicht schön, das könnt ich nicht, wie sie strahlt.

Komm, du machst mich ganz verlegen.

Du strahlst so von innen.

Ach. Und von außen?

Da finde ich dich auch ganz interessant.

Danke. Paß auf, ich hab dich nicht gefragt, ob du mich schön findest.

Wieso? Ich finde dich auch gar nicht schön.

Ich hab's gewußt, ich hab's ...

Sei doch nicht so gereizt.

Ich bin nicht gereizt.

Wie würdest du das denn nennen?

Ich bin die Ruhe selbst.

Ach, die Ruhe selbst. Ich kann das erklären ...

Na, das ist ja auch ganz einfach.

Es gibt eine Erklärung.

Ich sag das Wort nicht, ich sag nicht, hinterfotzig, nein, aber so ist sie …

Sie ist so gereizt, weil sie morgen ihre Tage kriegen wird.

Das stiiiimmt nicht.

Natürlich stimmt das.

Steffi, hör auf.

Ich krieg meine nächste Woche.

Hör auf, die Leute gucken schon ganz angeekelt.

Was sie hat, das ist das PMS.

Kenn ich nicht.

Prämenstruelles Syndrom.

Hab ich nicht.

Haben alle Frauen.

Aber doch nicht alle.

Hoffentlich nicht alle hier auf einmal.

Das haben nur die Amerikanerinnen, wir Deutschen putzen vielleicht mal unsere Fenster.

Schön, daß du das zugibst.

Ich geb nichts zu.

Sie hat damit solche Probleme.

Ha, du kannst meinetwegen erzählen, ob ich Binden oder Tampons benutze.

Gut, mach ich gerne.

Nein, war ein Scherz.

Also, sie möchte das nicht.

Nein.

Aber Sie können mich später alles fragen.

Sie bekommt einen Hang zum Fäkalhumorismus, wenn sie unsicher ist.

Sie ist da ein bißchen unsicher ... Geht's dir gut?
Mir geht's fantastisch.
Auch hier?
Mir geht's wunderbar. Entschuldigen Sie bitte.
Sie ist in Ordnung.
Entschuldigen Sie.
Wenn was ist, sagst du Bescheid.
Sofort!
Aber bestimmt.
Können wir jetzt weitermachen?
Nur, wenn du kannst.
Ich kann.
Gut, dann weiter.
Über deine Haare sprechen wir später.
Gut ...???!!! Bitte?
Nichts, jetzt laß uns weiter...
Was hast du gesagt?
Nichts, wir können später über deine Haare sprechen.
Was ist denn mit meinen Haaren?
Nichts Wichtiges.
Wie, nichts Wichtiges, jetzt sag schon.
Bitte, laß uns später ...
Jetzt sag schon, was ist denn damit?
Sie sind platt, sie sind völlig platt, wie eine Landebahn, kein Volumen, keine Spannkraft, nur platt, und ich muß sagen, es sieht total Scheiße aus!!
Das kann nicht sein, ich hab Stand im Ansatz ...
Alles weg!
Und das sagst du mir erst jetzt, du läßt mich die ganze Zeit mit völlig platten Haaren hier stehen? Warte, ich gehe mal so rein.

Mehr von der Seite.
Besser so?
Laß sein, es hat keinen Zweck!!

DAS FREUNDINNEN-LIED

Ein Mann, der spricht, wie er will,
und die Frau ist still.
Jede weiß, jede merkt,
da ist doch was verkehrt.
Die Frau, die schweigt,
das ist nicht gut,
wird Zeit, daß sie was tut.
Über das Meer, über das Land
geben wir heute bekannt:
Eine Freundin, eine guuute Freundin,
das ist das Schönste, was es gibt auf der Welt.
Eine Freundin, eine guuute Freundin,
und wenn die ganze Welt zusammenfällt.
Drum sei doch nicht betrübt,
wenn dein Schatz dich nicht mehr liebt.
Eine Freundin, eine guuute Freundin,
das ist der größte Schatz, den's gibt.

Dann und wann brauchst du 'nen Mann,
warum und wieso, ist egal.
Chauvi und Soft hatten wir oft,
so wird die Liebe zur Qual.

Der beste Freund ist eine Frau,
jawoll, jawoll, genau.
Jede Frau weiß bescheid,
ridy, ridy, right.

Eine Freundin, eine guuute Freundin,
das ist das Schönste, was es gibt auf der Welt.
Eine Freundin, eine guuute Freundin,
und wenn die ganze Welt zusammenfällt.
Drum sei doch nicht betrübt,
wenn dein Schatz dich nicht mehr liebt.
Eine Freundin, eine guuute Freundin,
das ist der größte Schatz, den's gibt.

LEBEN AUF RÄDERN

(Kein Gefühl in den Beinen)

Wir fanden diesen Titel von Pe Werner sehr peinlich. (Daran sieht man immerhin, daß uns auch etwas peinlich sein kann). Aber für uns paßte er. 5000 Kilometer im Monat, da schläft einem alles ein.

Jetzt sitzen wir in einem Chrysler, das ist etwas bequemer, nur daß die Amerikaner eben nicht raucherfreundlich bauen.

Vorher hatten wir einen rosanen Nissan-Bus. Der hieß Annette, und wenn die Werkstatt uns anrief, um eine erfolgreich abgeschlossene Reparatur mitzuteilen, dann sagten sie: Annette ist fertich. So sehr war Annette Annette. Wir haben ziemlich getrauert. Annette erlag in ihren besten Jahren einer Massenkarambolage, es traf sie quasi von allen Seiten, anschließend sah sie wie ein zerdötschtes Schwein aus.

Die beschissenste Autobahn ist die acht, dicht gefolgt von der vier, die nach Osten führt. Am schönsten ist eigentlich die drei, und unsere Lieblingsraststätte ist Dammer Berge. Frau Überall darf nie fahren, nur im absoluten Notfall. Das liegt daran, daß Frau Fünderich und Frau Jahnke der Meinung sind, daß Frau Überall ganz beschissen Auto fährt. Sie selber sieht das natürlich anders.

Auf langen Fahrten lesen wir Schmuddelzeitungen (die bisweilen ausgezeichnete Ideen-

Foto: Thomas Range

Die Künstlerinnen erreichen unter allen Umständen den Auftrittsort ...

lieferanten sind) oder lösen das Zeiträtsel. Darin haben wir es zu einer gewissen Meisterschaft gebracht. Wir reden nicht soviel miteinander.

Wenn man von Oberhausen nach Hamburg fährt (42,43,1), muß man bis zu eine Mark siebzig bezahlen, um zur Toilette zu gehen. Und die ist dann meistens noch schmutzig und ohne Papier. So sieht's aus.

FRAUEN UND KINDER ZUERST

1992
Stephanie Überall
Gerburg Jahnke
Jutta Jahnke
Regie: Dieter Woll

Foto: Harald Hoffmann

MÜTTER

An Deck des Vergnügungskreuzers MS Helene.
Eine Frau betritt die Bühne, läßt ihren Blick einmal schweifen, hat dann entdeckt, was sie sucht:

Hagen! Sitz! Platz!

Sie plaziert einen Liegestuhl ins Sonnenlicht und setzt sich hin. Eine zweite Frau betritt aufgeregt die Bühne:

Max? Maaax! Hach, da bist du ja. Ja, dann hat das ja geklappt. Ich bin ja sooo stolz auf dich. Jetzt machen wir es wie vereinbart: Ich setze mich hierher und lese. Und du spielst schön. Und in einer Stunde machen wir etwas Schönes gemeinsam, ja? Schau, Gundula sitzt hier. Ach, nein ... doch mehr in der Sonne. Max, schau, nicht wie vereinbart dort, sondern guck, ja guck, ja guck, guck, guck. Gundula sitzt jetzt hier. Oh, guten Tag.

Hagenmutter: Tach!

Maxmutter: Ich erziehe ihn gerade zur Selbständigkeit.

Hagenmutter *mustert sie schweigend von oben bis unten.*

Maxmutter: Nein, Max, nein! Nicht so nah an das Gitter. Das geht tief runter. Ja, das ist ein Rettungsring. Wie in deinem Buch. Der kann Leben retten. Jetzt spiel schön. *Beginnt in einer Zeitschrift (ELTERN) zu blättern, aber ohne hinzusehen, ihr Blick bleibt kontrollierend auf ihren Sohn gerichtet. Da ihre Nachbarin auch liest (BILD DER FRAU), ist ihr die Sicht versperrt. Sie gerät in Panik.* Max!

Maaax! Ah, da ist er ja. Gerade dachte ich, er wäre weg.

Hagenmutter: Na, weit kommt er ja nich, hier auf'm Schiff.

Maxmutter: Ach, wissen Sie, ich habe ständig Angst, daß er über das Gitter fällt.

Hagenmutter: Dat macht der nur einmal.

Maxmutter: Also Sie sind ja brutal! Na ja, Sie haben wohl keine Kinder?

Hagenmutter: Doch. *Zeigt ohne hinzuschauen.* Den da. Und wat heißt hier brutal, das ist die einzige Sprache, die mein Hagen versteht.

Maxmutter: Hagen? Ist das sein Name?

Hagenmutter: Ja. Dat is dat Erbe von seinem Vatter.

Maxmutter: Oh, das tut mir leid, dann ist der wohl gestorben?

Hagenmutter: Für mich jedenfalls.

Maxmutter: Dann sind Sie also auch allein?

Hagenmutter: Nee, ich hab ja dieses Abziehbild. Hagen, zieh die Stöcke aus den Ohren, oder ich steh auf!

Maxmutter: Was denn, das da ... ist Ihr Hagen? Dieser ... der mit dem kleinen Mädchen spielt?

Hagenmutter: Spielt is schön gesagt. Er rammt ihr Stöcke in die Ohren. Wat weiß ich, wo der dat her hat.

Maxmutter: Sieht Ihrer seinem Vater eigentlich auch so ähnlich?

Hagenmutter: Wie geklont. Is schon komisch, da fragt man sich doch, wozu wird man eigentlich Mutter, wenn die Kinder dann doch so werden wie die Väter.

Maxmutter (*weinerlich*): Das fragt man sich ja immer wieder ... (*aufmunternd*) Max, schau mal, der Junge, der heißt Hagen. Geh und sag mal guten Tag. Geh hin.

Hagenmutter: Hagen, dat is Max, sach Tach.

Maxmutter: Ist das nicht rührend? Sie geben sich die Hand, mein schmächtiger Max und Ihr ... Hagen. (*stutzt*) Die geben sich aber lange die Hand.

Hagenmutter: Ja, dat hat der manchmal.

Maxmutter: Mein Gott, der schüttelt meinen Max ja völlig durch.

Hagenmutter: Vielleicht sollte Ihr Max mal auf Wiedersehn sagen.

Maxmutter: Max, sag einfach tschüs, dann hört Hagen schon auf. Und dann sprich mit ihm darüber.

Hagenmutter: Hagen, laß die Hand los, und zieh die Stöcke aus den Ohren.

Maxmutter: Hagen, jetzt tu, was deine Mutter sagt.

Hagenmutter (*lacht*): Dat hört der gar nich gern.

Maxmutter: Aber Hagen, du kannst den Max doch nicht schubsen! *Will aufspringen, wird aber von Hagenmutter zurück in den Liegestuhl gedrückt.*

Hagenmutter: Hagen schubst nicht.

Maxmutter: Ich bitte Sie, ich hab das doch genau gesehen. Da! *Stupst ihre Nachbarin am Bein.* Da schubst er doch schon wieder.

Hagenmutter: Hagen schubst nicht.

Maxmutter: Und ob Ihr Hagen schubst. Max, jetzt schubst du einfach mal zurück.

Hagenmutter *wirft die Zeitung weg und richtet sich auf*: Also wenn Ihr Max jetzt die Schubserei anfängt ...

Maxmutter: Was heißt denn hier anfangen ... Ihrer hat doch angefangen.

Foto: Helge Jakubowski

Stephanie Überall und Jutta Jahnke als Maxmutter und Hagenmutter

Hagenmutter: Hagen! Laß dir nichts gefallen! Ja, mach! Feste. Gegen das Schienbein! *Tritt Maxmutter gegen das Schienbein.*

Maxmutter: Max! Max! Reiß sofort die Hand los! Reiß die Hand los!

Hagenmutter: Hagen, halt die Hand fest.

Maxmutter: Dann beiß rein! *Beißt Hagenmutter in den Oberschenkel.*

Hagenmutter: Aua.

Maxmutter: Gut, Mäxchen.

Hagenmutter: Hagen, du weißt, wo die empfindliche Stelle ist.

Maxmutter: In den Magen, in den Magen! *Rammt ihr den Ellbogen in den Magen.*

Hagenmutter: Tiefer, Hagen, tiefer.

Maxmutter: Halt die Hände davor! Max, halt die Hände davor! Paß doch auf!

Hagenmutter: Feste, Hagen, feste!

Maxmutter: Geh vom Gitter weg, Max – laß dich nicht ans Gitter drängen …

Hagenmutter: Und die Stöcke in die Ohren! Immer schön die Stöcke in die Ohren!

Maxmutter: Hände vor die Ohren, Max. Jetzt reiß doch die Hand los. Und geh vom Gitter weg. Geh vom Gitter weg!

Hagenmutter: Häng ihn über die Reling!

Maxmutter: NEIN! Max, Gundula kommt.

Hagenmutter: Da würd ich mich besser nich einmischen.

Maxmutter: Wieso?

Hagenmutter: Sonst läßt der Hagen los.

Maxmutter: Max, sag schön guten Tag. Sag immer wieder guten Tag. *Zu Hagenmutter:* So tun Sie doch was!

Hagenmutter: Hagen! Du holst sofort den Jungen wieder an Bord, sonst sperr ich dir deine Waffensammlung.

Maxmutter: Also, das hat ja gewirkt …

Hagenmutter: Tja, ist ’n einfaches Prinzip, aber irgendwie auch frustrierend.

Maxmutter: Mäxchen, steh auf. Und geh hintenrum. Behalt ihn im Auge.

Hagenmutter: Hagen, du läufst jetzt sofort hinter Max her und gibst ihm seine Puppe zurück.

Maxmutter: Max!! Lauf! Er kommt!

Hagenmutter: Hagen! Komm du mir nach Hause …

Maxmutter: Max, wir treffen uns in der Kabine. Und dann reden wir darüber …

UNSER PATENKIND, SEINE MUTTER …

… meine Schwester, unsere Agentin, ihre Tochter, meine Nichte, unsere Kollegin: Linda und Jutta

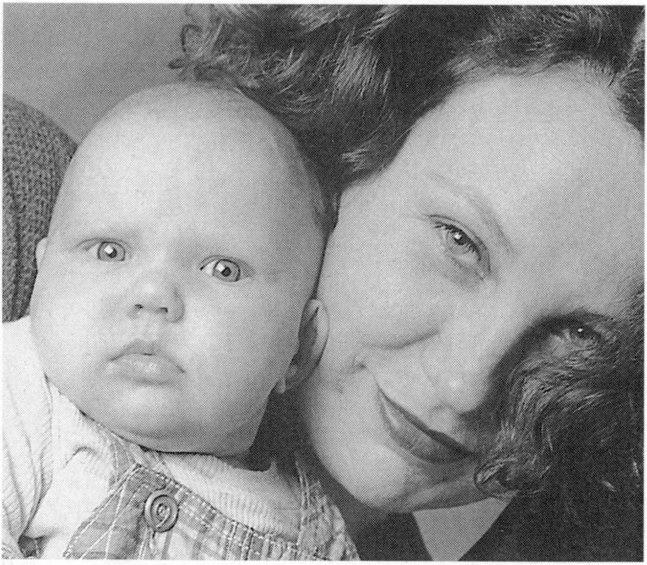

Foto: Fred Dott

Irgendwie hatte sie all die Jahre mit uns zu tun, mal ganz nah bei … mal j w d. Sie hat »damals« mit uns angefangen, dann folgte eine wunderbare Brieffreundschaft, dann war sie »Best Girl« bei »Die Frau in den besten Jahren«, (und man muß sagen, sie war eins der besten bestgirls, das wir je hatten …), dann wurde sie unsere Agentin (… das sind im Prinzip Menschen, die Geld dafür bekommen, daß sie unangenehme Dinge erledigen …), dann haben wir mit ihr zusammen ein merkwürdig gutes Stück gemacht, »Frauen und Kinder zuerst«, und dann, schlußendlich, hat sie uns alle zu Patentanten gemacht.

(Was uns endlich um eine Antwort reicher macht, wenn mal wieder ein ganz gewitzter Journalist nach dem »Kinderwunsch« fragt:
»Das hat unsere Agentin bereits erledigt!!«)

Rufen Sie sie ruhig mal an!

CORA VON ABLASS-KRAUSE

(betritt nach den Müttern das Deck, entnervt):

Werfen Sie sie doch einfach über die Reling. Dann passiert wenigstens mal was.

Was ist schlimmer als eine Mutter? Zwei Mütter. Müttergenesungswerk ... Sterbenslangweilig. Und wo man hinguckt, Wasser.

Aber Wasser ist gut, kann man wenigstens Eiswürfel draus machen.

Und Wasser hat Horizont!

Was man von den Idioten auf diesem Schiff nicht behaupten kann. Alles Fische, bißchen viel Fisch hier, besonders die Frauen! Haben Sie schon mal Fische bei dem Versuch beobachtet, braun zu werden? Eine Tragödie! Selbstverbrennung. O Frau ...

O Frau, das Land, das seinen Hafen jedem
Seemann zeigt doch keiner bleibt für immer
sonst wär er ja kein Seemann mehr
o Frau, du Werft
in die jedes Wrack gebracht wird
um neu und strahlend wieder auszulaufen
die Werft bleibt leer zurück
o Frau, du Insel, die dem Schiffbrüchigen
frische Frucht bietet
bis er sich ein Floß gebaut hat aus ihren Stämmen
mit dem er sie verläßt

Bestseller! Alles, was ich schreibe, wird ein Bestseller. Es kotzt mich an! Ich kann sogar behaupten, daß er sich ein Floß baut aus ihren Stämmen. Die Stämme einer Frau! Was bitte schön soll das sein? Aber es gibt Leute, die machen sich über so was Gedanken, Fische, alles Fische!

Prüfungen müßte man einführen für Sprecherlaubnis. Wer nicht besteht, Schnauze halten! Wär das ein Schweigen!

Wenn vielleicht das Schiff untergehen würde? Nicht ganz, nur ein bißchen. Daß alle mal naß werden? O Matrose …

O Matrose, oh
nichts im Gehirn, doch in der Hose, wo
eine Rose tätowiert, langstielig
sich in meinem Garten verliert
meine Dose vibriert.

Manchmal habe ich den begründeten Verdacht, daß das richtige Leben weit unter meinem Niveau stattfindet.

Meine Dose vibriert! Bestseller!

Foto: Ulrich von Born

Gerburg Jahnke als Cora von Ablass-Krause

MATROSEN

Pit: Moin, Jan.
Jan: Moin, Pit. Wie isset?
Pit: Muß, ne?! Hömma, kannst du dichten?
Jan: Nee, ich dicht hier nix mehr.
Pit: Hömma, hömma, ich sprech von ein Ge-dicht!
Jan: Da muß man ja erst mal drauf kommen.
Pit: Ich hab nämlich eins geschenkt gekriegt. Und zwar von der Dame im Turban.
Jan: Dame nennst du so wat?
Pit: Ja, ich dachte, wegen dem Turban ...
Jan: Du musset ja wissen.
Pit: Is auch gar nich ma so schwer, ich habbet schon fast raus, fängt an mit ... O Matrose, oh ... Dat is klar, dat bin ich ... Dann geht dat hier weiter mit ... Nix im Gehirn, doch in der Hose, wo ... Dat muß Hein sein ...

Hein tritt auf, offensichtlich stark angetrunken.

Jan: Moin, Hein.
Hein: Moin.
Jan: Oh, dat sieht nich gut aus.
Pit: Dat sieht doch aus wie immer. Willse dich nich lieber hinsetzen?
Hein: Jou. *Er sucht einen Stuhl.*
Pit: Den orangen!!

Hein sucht den orangefarbenen Liegestuhl ...

Jan: Dat schaffst du!!

Die beiden schauen ihm interessiert zu, bis er etwas in Orange gefunden hat.

Pit: Hein sitzt. So, gezz geht dat hier weiter … Eine Rose, tätowiert, langstielig … Hast du gezz vielleicht eine Tätowierung mit 'ner Rose?

Jan: 'ne Rose gezz nicht …

Pit: Gezz nicht!!?? Na ja, sich in mein Garten verliert, is wegen dem Zwischenreim, und jetzt wird se sowieso deutlich, da schreibt se nämlich, dat ihre Dose vibrieren würde …

Jan: Ouhh, die geht aber ran.

Pit: Ja, ich weiß, wat dat heißt!

Jan: Ich auch.

Pit: Die Frage is, weiß die Dame dat auch?

Jan: Du meinst, ob die dat weiß?

Pit: Manchmal sagen die so Sachen und wissen gar nicht genau, wat dat heißt!

Jan: Dat kannse gezz nich wissen!

Pit: Ich denke, du wüßtest dat?

Jan: Woher sollte ich wissen, wat die weiß?

Pit: Weiß ich doch nich! … Hömma, hattest du schon ma eine, wo alles stimmt?

Jan: Nee!! Mal stimmt dat eine, mal dat andere.

Hein: Nehm wir ma an, da passiert 'ne Katastrophe. Nehm wir ma an, der komplette Kahn säuft komplett ab. Da wissen die Weiber ja überhaupt nix … Deswegen gibt das auch den berühmten Satz: Frauen und Kinder zuerst. Damit wir dat Geschreie hier schon ma von Bord haben, dat Gequietsche …

Pit: Apropos Gequietsche … Ich kannte mal eine, mit der konnte man reden.

Hein: Wat?

Jan: Reden?

Pit: Ja, ich hab auch zuerst gedacht, mich laust der Affe, aber Tatsache, mit der konnte man reden.

Jan: So wie mit uns?

Pit: Nee!! Die hat mich verstanden. Bei der hab ich mich Sachen sagen hören, so kannte ich mich gar nich.

Jan: Ja, die können –

Pit: Wenn die wollen, aber hossa, mein lieber Scholli …

Hein: Dann ham wir die schon ma in den Rettungsbooten. Dann sind wir die schon ma los. Dann können wir Männer uns hier in Ruhe um alles kümmern. Als da wäre die … äh … wie heißt dat gezz … äh …

Pit: Maßnahmen.

Hein: Maßnahmen … äh … Dings …

Pit: Treffen.

Hein: Jou.

Jan: Ich kannte mal eine, die wußte zuviel.

Pit: Dat is bitter.

Jan: Die wußte mehr als ich.

Hein: Geht doch gar nich.

Jan: Die hat manchmal Sachen gesagt, also, die hab ich überhaupt nicht verstanden.

Pit: Dat kannse als Mann aber nur ganz schlecht aushalten, aber nur ganz schlecht.

Jan: Die sind aber auch so wat von kompliziert. Wie du et machst, machstet verkehrt. Gehsse richtig ran, bisse 'n Schwein. Gehsse gar nich ran, bisse 'n Schlappschwanz, und gehsse ein bißchen ran, wollen sie mit dir drüber reden.

Pit: Kannse als Mann nur ganz schlecht aushalten.

Jan: Ganz schlecht! Und dann immer über so unwichtige Sachen. Wie sie sich gestern gefühlt hat, wie sie sich heute fühlt, dann soll man womöglich noch sagen, wie du dich selber fühlst??!!

Pit: Kannse als Mann doch gar nich wissen, so 'n Quatsch!!

Hein: Dann haben wir die in den Rettungsbooten … dann hat der Hein sich folgendes überlegt: Wir machen immer drei Weiber in ein Boot … Dreierpack … wegen der Übersicht, dacht ich … Also ma angenommen, wir haben zwei Boote … wieviel Weiber sind dat dann genau?

Jan: Laß dir Zeit! … Mann, die wissen doch nicht, wat sie wollen. Oder ob sie wollen.

Pit: Und wenn sie wollen, wenn!! … dann zeigen sie dat nicht. Nicht so richtig.

Jan: Ich hatte mal eine, die hat mir immer gezeigt, wat sie wollte, da konnte ich dann nicht mehr.

Pit: Kannse als Mann aber auch nur ganz schlecht aushalten.

Hein: Sechs.

Pit *zu Hein*: Und gezz überleg ma bei drei Booten … *zu Jan*: Mir passiert immer umgekehrt, dat ich denke, die hätte was gezeigt, und dann wollte sie gar nicht, hab ich alles mißverstanden.

Jan: Und dat gibt Ärger!!

Hein: Da haben wir die in den Rettungsbooten …

Pit: Da hatten wir die schon.

Hein: Wobei, man muß den Weibern auch zugestehn, das die für den Erhalt unserer Gattung nicht ganz unwichtich sind.

Foto: Ulrich von Born

Drei kleine Matrosen – (v.l.n.r.) Pit (Gerburg Jahnke), Jan (Stephanie Überall), Hein (Jutta Jahnke)

Pit: Hasse den auswendig gelernt?
Hein: Die Frauen kriegen die Kinder!
Jan: Wär ja noch schöner, wenn nich!
Hein: Dann haben wir die also in den Rettungsbooten, damit die auch befruchtet werden können, damit alles weitergeht …
Pit: Hein!
Hein: … muß sich doch weiterdrehen, die Welt …
Pit: Hein!
Hein: … wenn wir ma nich mehr sind …
Pit: Meinst du nich, et wär besser, die zu befruchten, bevor die in die Rettungsboote kommen?
Hein: Warum?

Jan: Sonst kommse doch nich mehr ran.

Pit: Aber weisse, wat ich immer sach, Frauen und Männer passen nicht zusammen.

Jan: Nee, ne.

Pit: Aber es gibt ja nichts anderes.

Jan: Nee, ne.

Pit: Und so ganz ohne?

Jan: Kannse als Mann nur ganz schlecht aushalten.

Pit: Aber nur ganz schlecht.

Hein: Jetzt sind die in den Rettungsbooten, und zwar immer schön übersichtlich im Dreierpack, und wißt ihr, wat dat schönste is?

Jan: Ne.

Hein: Die sind befruchtet.

Pit: Ja, noch nich.

Hein: Ich fang schon ma an. Wieviel Weiber sind hier an Bord, so ungefähr?

Pit: Hm, 37??

Hein: Dat schaff ich.

Hein torkelt ab.

Pit: Baggerse stundenlang 'ne Rothaarige an, ne, machse den Heinz auf Deubel komm raus, kommse natürlich nich ran.

Jan: Wie denn auch?

Pit: Paß auf, und dann erzählt die dir, die Haare wären gefärbt. In Wirklichkeit wär sie blond.

Jan: Nee, ne?! An 'ne Blonde wärst du doch ganz anders rangegangen.

Pit: Ja, sicher doch! Boor! Ne!

Jan: Ich sach ja – die wissen nich, wat sie wollen.

Pit: Und wat könnten die für Kerle haben.

Jan: Dat könnten die!

Pit: Hömma, ich dichte der Dame gezz ein zurück.
Jan: Wat macht man nich alles, um ranzukommen.
Pit: Dichten! Ich hatte auch schon wat vorbereitet.
Jan: Reimt et sich?
Pit: Am Ende!
Jan: Dann laß ma hörn!!
Pit: Die Hose kracht … heut nacht um acht.
Jan: Samma, is dat von dir?
Pit: Ja, jedes Wort!
Jan: Is ja gut. Jou.
Pit: Ja? Ja, geht auch noch weiter. Ich hab auch an den Rum gedacht …
Jan: … und klar Schiff gemacht …
Pit: Dat is gut! Dat is gut! Und alles andre abgesacht …
Jan: … denn heut nacht um acht …
Pit: wird rum!!gemacht …
Jan: Hochacht! --- ungsvoll …
Pit: Ihr Pit
Jan: Die hasse.
Pit: Jou, die hab ich.
Jan: Obwohl, da weisse nie …
Pit: Ne, genau weisse dat nie.

PISS OFF

Birte Flöttgen, professionelle Alleinreisende, an Bord der MS Helene, betritt das Deck.

Piss off! Fou le camp! Largate! Vaffanculo! Defol basimdan! Ilayka anni!

Da … alles, aber kein vietnamesisch, kein vietnamesisch. Das ist unangenehm, so was von unangenehm, und ärgerlich, so ärgerlich. Bin ich aber auch selber schuld. Da war ich nicht vorbereitet. Birte, da warst du nicht gut vorbereitet.

Da will man in Ruhe essen, will einfach allein in Ruhe essen, hat extra einen Tisch bestellt, da kommt man dahin, ist der Tisch gar nicht frei, gar nicht reserviert worden. Wäre einem Mann doch schon nicht passiert! Und dann der Kellner, dieser Kellner, unangenehm. Vietnamese. Vietnamese. War ich nicht drauf vorbereitet. Wie sollte ich auch? Vietnamese, aber das Übliche: Wollen Sie in der Zwischenzeit schon mal was trinken oder noch warten?

Wieso warten? In der Zeit zwischen was? Ah, die Dame speist allein …???

Und dazu dieser Blick, dieser Blick! Kennen Sie das? Ja? Kennen Sie diesen Blick? Ja, Sie nicht, bestimmt nicht, woher auch? Männern passiert so was nicht! Nie. Und zum Schluß der obligatorische Scherz: Zahlen Sie zusammen oder getrennt? Haha, sehr witzig! Aber den Humor hab ich nicht. Nein, Humor hab ich nicht.

Und zu guter Letzt fragt der mich nach meiner Kabinennummer … will meine Kabinennummer wissen!

Angeblich wegen der Tischreservierung für morgen! Von wegen …

Also, da bin ich direkt direkt geworden, d. h. ich wollte, aber ging ja nicht … Ich war ja nicht vorbereitet. Italienisch, türkisch, holländisch, alles hätt ich gekonnt, aber vietnamesisch … vietnamesisch kann ich doch nicht.

Morgen nehme ich einen anderen Tisch. Anderer Tisch, anderer Kellner. Engländer wäre gut: Piss off!

Wie der schon die Gabel neben mich gelegt hat … Da legt der die Gabel so links neben mich, so ganz nah ran, nur um so ganz nah ranzukommen, um mich einmal so zu streifen. Und dann ist er einmal ganz um

Foto: Ulrich von Born

Stephanie Überall als Birte Flöttgen, professionelle Alleinreisende an Bord der MS Helene

mich rum, um das Messer rechts neben mich zu legen. Und dann noch mal die Gabel gerückt und wieder das Messer … Gabel, Messer, Gabel, Messer … Männer nutzen ja jede Gelegenheit!

Dieses System, diese Ordnung, diese Besteckordnung, die haben sich doch Männer ausgedacht! Nur um ganz nah ranzukommen. Ja, sicher. Wozu wird man denn Kellner? Wozu wird Mann denn Kellner?

Oder Arzt? Ärzte! Kenn ich doch! Machen Sie sich mal frei! Ich sag Ihnen, Ärzte studieren zwölf Semester, nur um nah ranzukommen. Ich geh zu keinem Arzt. Nie.

Ich rauche auch nicht. Aus gutem Grund rauche ich nicht. Ist ja viel zu gefährlich. Wenn Frauen rauchen, geben Männer ja sofort Feuer. Die nutzen jede Gelegenheit! Ja, da sind sie ja gleich ganz nah dran, mit der Hand schon mitten im Gesicht! Näher geht's ja gar nicht. Früher, ja, früher hab ich geraucht. In der Öffentlichkeit, aber nur die ganz langen, die Frauenzigaretten, jawohl. Heute rauche ich nur, wenn ich allein bin, z. B. unten in meiner Kabine, weil meine Hand kenn ich ja …

Hach, hier bin ich allein. Keine Kellner, keine Männer, kein Mensch, nur ich. Hoffentlich kommt jetzt auch keiner.

Ich reise allein. Ich reise gern allein. Es geht auch. Man muß nur gut vorbereitet sein. Und das bin ich, ich kenn mich aus. Ich hab Männer studiert. Der Italiener zum Beispiel, besonders der Sizilianer, der faßt ja sofort an. In römischen Stadtbussen ist es an der Tagesordnung, die greifen unter den Rock. Ja, steigen ein und schwupp! Gut, ist mir jetzt nicht passiert … Aber ich war auch vorbereitet: in Italien nie Rock, immer nur Hose! Der Grieche, der Grieche ist da höflicher, der fragt wenigstens vorher. Ganz schlimm ist der Brite. Der Brite tut immer so korrekt und harmlos ... Aber es ist ja so, wenn ein Mann in Großbritannien eine Frau auf der Straße anspricht, dann ist das schon Prostitution, und die ist dort verboten. Aber deswegen reist der Brite auch gerne mal rum, so wie die Japaner, und Männer nutzen ja jede Gelegenheit, egal, wo sie sind, ob Bus, Bahn, Flugzeug. Flugzeug! Ich fliege so gern. Ich buche immer Fensterplatz. Und was bekomme ich? Mittelplatz. Ich sitze immer auf diesem Mittelplatz, und ich sitze immer zwischen Männern. Und das ist so unangenehm. Dann haben die ihre Arme immer so auf den Lehnen, so von links und rechts, mit den Ellbogen so ganz nah ran, so unangenehm nah ran. Kennen Sie das? Lesen Zeitung! Tun so, als läsen sie Zeitung! Die wollen doch nur eins: Die wollen ran, die wollen ganz nah ran! Unangenehm nah ran! Aber nicht mit mir. Da bin ich konsequent: Piss off! Piss off! Piss off!

Ich meine, dieses System, diese Platzordnung, Mittel-, Gang- und Fensterplatz – das haben sich doch Männer ausgedacht! Nur um ganz nah ranzukommen. Wenn ich fliege, dann kauf ich neuerdings gleich drei Tickets. Ja, da zahl ich auch gerne mehr. Links und rechts neben mir bleibt frei. Da kann ich fliegen ... bis nach Amerika und noch weiter.

Also wie Sie da sitzen ... so direkt neben einem Mann ... das könnt ich nicht. Das wäre mir unangenehm!

Aber hier sitz ich gut. Allein, angenehm. Hoffentlich kommt jetzt keiner. Und wenn einer kommt ... Piss off!

Noch besser, ich pack gleich die Gangreihe weg. Das ist gut! *Stellt einen der Liegestühle beiseite.* Hab ich im Flugzeug auch schon versucht, aber geht nicht, ist immer festgeschraubt. Und auch die Fensterreihe. Nieder mit den Fensterplätzen dieser Welt! *Stellt weiteren Stuhl beiseite und setzt sich auf den übriggebliebenen.* Ah, das ist gut! Das ist perfekt. Angenehm! Jetzt gönne ich mir eine Zigarette. Ja, das ist so ... unangenehm! Jetzt habe ich kein Feuer! Bleiben Sie ganz ruhig. Ich hab Sie alle im Blick. Ja, da weiß ich doch, was jetzt vorgeht, in den Herren der Schöpfung. Sie werden schon ganz nervös. Da zuckt doch schon die Hand, nicht wahr? Sie, tun Sie doch nicht so harmlos. Ach, haben Sie Ihre Frau dabei? Das ist doch Ihre Frau, nicht wahr? Wenn die nicht dabei wäre, Sie lägen doch hier zu meinen Füßen! Ich weiß doch Bescheid. Sie glauben doch nicht allen Ernstes, ich würde hier in aller Öffentlichkeit rauchen? Wo Männer anwesend sind? Unangenem!

DREI IN EINEM BOOT

Nachdem die MS Helene gekentert ist, sitzen drei Überlebende, die Schriftstellerin Cora von Ablaß-Krause, die Postbeamtin Inge Schnick und die Gymnastiklehrerin Siggi Stappert, im Rettungsboot und treiben auf dem offenen Meer.

Inge: Peter, Peter ...
Siggi: 1-2-3-4-5-6-7-8 ...
Cora: O Boot
in Not auf See
O weh, Sonne rot, kein Echolot
Trinkverbot, Peter tot
O Boot in Not
o See o weh
o Boot
Stille.
Inge: Peter, Peter, Peter!
Cora: Mein Gott, Frau Schnick! Seit acht Tagen rufen Sie jetzt nach Ihrem Mann. Jetzt halten Sie doch endlich mal die Schnauze! Fräulein Stappert ...
Siggi: *Frau* Stappert!
Cora: Nun kommen Sie Ihren Pflichten nach – als Bootsführerin oder wie immer Sie Ihren Posten genannt haben – und kümmern Sie sich gefälligst um die Einhaltung dieses verdammten Zeitplans.
Siggi: Ich kann's ja mal versuchen. Dann müßten Sie aber für einen Moment das Ruder übernehmen.
Cora: Ja, ja, mach ich, mach ich.
Siggi: Frau Schnick, Sie erinnern sich bestimmt daran, daß wir alle einverstanden waren mit unserem

Zeitplan für die Dauer des Aufenthaltes auf dieser Rettungsinsel, daran erinnern Sie sich doch?

Inge: Ja ...

Siggi: ... und nach diesem Zeitplan dürfen Sie von 8 Uhr 15 bis 9 Uhr 45 »Peter« rufen – daran erinnern Sie sich doch auch?

Inge: Na und?

Siggi: Es ist aber jetzt schon nach zehn, verstehen Sie, nach zehn.

Inge: Woher wollen Sie das denn wissen?

Siggi: Das hab ich Ihnen auch schon öfter erklärt. Das sieht man an der Sonne!

Inge: Machen Sie sich doch nicht lächerlich. Die steht doch jeden Tag anders, die Sonne.

Siggi: Aber wir sind doch mit unserem Zeitplan bisher sehr gut gefahren.

Inge: Wir sind schon viel zu lange gefahren.

Cora: Wohin fahren wir eigentlich?

Siggi: Geradeaus!

Fassungslosigkeit.

Siggi (*zeigt ins Boot*): Hier ist rechts, da ist links, dann ist da hinten hinten, hier vorne vorne, und da ist geradeaus.

Fassungslosigkeit.

Cora: Merkwürdiger Plan.

Siggi: Besser ein merkwürdiger Plan als gar kein Plan, Krause!

Cora: Cora von Ablaß-Krause, Fräulein Stappert, Cora von Ablaß-Krause!

Siggi: Ist mir zu lang Ihr Name. Soviel Zeit haben wir nicht.

Cora: Ach, Sie haben ja nicht die leiseste Ahnung, wieviel Zeit es mich gekostet hat, an diesen Namen zu kommen.

Siggi: Ich weiß …

Cora: Ich habe fünfeinhalb Jahre damit verbracht, diesen Mann anzumachen, mir sein Geschwätz anzuhören, seine Mutter zu ertragen, mit ihm zu frühstücken und Geschlechtsverkehr mit ihm zu haben.

Inge: Peter!

Cora: Da werden Sie doch wohl drei Sekunden Zeit haben, mich auch so anzusprechen.

Siggi: Hab ich nicht, Krause.

Inge: Peter!

Siggi / Cora: Schnauze!!

Stille.

Inge (*leise*): Peter.

Cora: Jetzt reicht's! Ich bring sie um. *Steht auf und will auf Inge los.*

Inge: Gehen Sie aus meinem Bereich!

Cora: Bitte?

Inge: Ich sagte, gehen Sie aus meinem Bereich! Wir haben das Boot in Bereiche aufgeteilt, stimmt's?

Siggi: Das stimmt, Krause, Sie befinden sich im Bereich von Frau Schnick.

Cora: Dann hören Sie auf, Peter zu rufen!

Inge: Von 9 Uhr 45 bis 12 Uhr 15 ist Zeit zur freien Verfügung. Stimmt's?

Siggi: Ja, das stimmt …

Inge: Und in der Zeit zur freien Verfügung kann jede machen, was sie will. Und ich will Peter rufen! Peter, Peter!

Cora: Gut, gut. Dann gehe ich zurück in meinen Bereich. Und wenn hier jede machen kann, was sie will, dann werde ich jetzt wieder meine Gedichte aufsagen.

Inge: Bitte!

Siggi: Bitte nicht!

Cora: O freie Verfügung …

Siggi: Sie sollten die Zeit zur freien Verfügung sinnvoll nutzen, Krause.

Cora: O Peter, du Schlappschwanz – schwapp macht das Wasser. Über deinem Schwanz schlapp …

Inge: Sie!! *Will auf Cora los.*

Cora: Gehen Sie aus meinem Bereich!

Siggi: Das ist mein Bereich …

Inge: Dann nehmen Sie den Schlappschwanz zurück.

Cora: Und wie war das mit den Orgasmusschwierigkeiten?

Inge *zu Siggi, die jetzt auf ihrem Platz sitzt*: Gehen Sie da weg! Ich hatte wenigstens eine Fehlgeburt, Sie haben gar keine Kinder.

Cora: Das war wahrscheinlich das einzige, was Ihr Peter zustande gebracht hat.

Inge: Das war nicht seine Schuld, das liegt an meinem Becken.

Fassungslosigkeit.

Siggi: Das gehört nicht hierher, das gehört in die Zeit der täglichen Aussprache. Und die ist von 12 Uhr 15 bis 13 Uhr 10.

Inge: Es ist 12 Uhr 15.

Siggi: Woher wollen Sie das denn wissen?

Inge: Das sehe ich an der Sonne.

Fassungslosigkeit.

Siggi: Gut, dann ist es also 12 Uhr 15. Wir sind gestern stehengeblieben bei dem Problem, das Frau Schnick bei ihrer Arbeit am Postschalter hat. Wenn ich mich recht erinnere, ging es um die Sondermarken … Frau Schnick?

Inge: Ja, aber darüber erfahren Sie von mir kein Wort mehr.

Siggi: So? … Dann möchte vielleicht Krause etwas beitragen? Sie haben ja in den letzten Tagen sehr wenig erzählt, ganz im Gegenteil zu Frau Schnick. Na, wie wär's, Krause?

Cora: O ja! O ja! Aber nur, wenn Frau Schnick wirklich nichts mehr über die Sondermarken sagt.

Inge: Kein einziges Wort.

Cora: Gut. Dann möchte ich gerne über einen Leserbrief sprechen, den ich letztens erhielt und beantworten mußte.

Siggi: Schön.

Cora: Mir schrieb ein gewisser Peter Sch. aus R: »Liebe Cora von Ablaß-Krause« – schrieb er, »meine Frau ist frigide. Kann das daran liegen, daß sie so dünn ist? Ihr Peter Sch. aus R., 35.«
Meine Antwort: »Lieber Peter Sch. aus R., die Lust einer Frau spielt sich im Gehirn und nicht, wie bei Männern, im Unterleib ab, also liegt es keinesfalls am Gesamtgewicht, wenn Ihre Frau so kühl ist. Mit herzlichem Beileid, Ihre Cora von Ablaß-Krause.«

Siggi: Krause, Sie sind eine …

Inge: Liebe Frau Doktor von Ablaß-Krause, eine sehr flüchtige Bekannte von mir hat ein Alkoholproblem und findet keinen Mann. Kann das mit ihrem Alter zusammenhängen? Ihre Inge Sch. aus R.

Siggi: Liebe Inge Sch. aus R., ältere Frauen sind oft verbittert und einsam. Wenn dann noch Alkohol ins

Spiel kommt, kann man es den Männern nicht verdenken. Ihre Laßab von Krause!

Cora: Liebe Cora von Ablaß-Krause, obwohl mich mein Freund genau nach meinen Anweisungen erregt, empfinde ich Sex als Zeitverschwendung. Kann es sein, daß ich ein Mann bin? Ihre Siggi S. aus B. Liebe Siggi S. aus B., ich fürchte, Sie sind ein Mann ...

Siggi: 13 Uhr 10. Ende der Aussprache! Mittagessen! Wir haben heute als Vorspeise Mozarella mit Tomaten und frischem Basilikum, dann wahlweise Geschnetzeltes mit Reis oder Steak an Prinzeßböhnchen und als Dessert Eis mit heißen Himbeeren oder Birne Helene. Frau Schnick?

Inge: Danke, ich nehme den Zwieback.

Siggi: Krause?

Cora: Danke nein.

Inge: Dann nehme ich den Zwieback von Ablaß-Krause.

Siggi: Wir teilen die Portion von Ablaß-Krause.

Inge: Guten Appetit.

Siggi ißt ihren Zwieback, Inge hält den ihren nach dem ersten Bissen nur noch angewidert in der Hand.

Siggi: Schmeckt's? – Ob es schmeckt?

Inge: Lecker. – Schön langsam essen.

Siggi: Hundertmal kauen.

Inge: Schlingen ist ja so ungesund. – Das hasse ich bei Peter immer so. Ich esse immer ganz langsam. Peter ißt immer so schnell. Manchmal ißt er meinen Teller auch noch leer.

Ich koche so gern für Peter. Peter mag Eintopf, aber ich, ich koche Coq au vin. Oder Tomatensuppe Elsässer Art, das ist die mit dem Sahnehäubchen

obendrauf, die mit dem Sahnehäubchen, deswegen heißt sie ja auch Elsässer Art, wegen dem Sahnehäubchen ... glaub ich. Ich mache nie Kartoffeln mit Soße.
Peter manscht immer alles zu einem Brei ... Oft mach ich Sauerbraten. Sauerbraten, den muß man drei Tage vorher einlegen, damit er auch richtig schmeckt, drei Tage. Und dazu mach ich Hefeklöße. Hefeklöße, die sind nicht ganz unkompliziert, die fallen so schnell zusammen ... und wenn Peter dann nicht pünktlich kommt, oft kommt er nicht pünktlich, dann fällt ein Kloß nach dem anderen zusammen ... Und dieses Gefühl, wenn die Klöße zusammenfallen und Peter nicht kommt ... und ich denke: Peter, Peter, Peeeeter ...

Cora: Frau Schnick! Frau Schnick, hab ich Ihnen eigentlich schon erzählt, daß mir Peter beim Untergang begegnet ist?

Inge: Nein, das haben Sie mir noch nicht erzählt!

Cora: Nicht? Vielleicht der Schock. Ich bin ihm begegnet, auf dem Weg von der Bar zur Toilette.

Inge: Ja? Hat er was gesagt? Sollen Sie mir was ausrichten?

Cora: Lassen Sie mich überlegen ... Er hat was gesagt. Er sagte »Ing«.

Inge: Ing? Inge! Peter sagt immer Inge. War das überhaupt Peter? Wissen Sie überhaupt, wie Peter aussieht? Peter ist blond, nein, mehr so dunkelblond, wissen Sie, er hat diese Haarfarbe ... wie heißt die noch ...

Cora und Siggi: Braun!

Inge: Ja, braun. Na, so wie Männer eben die Haarfarbe

haben. Früher hatte er wunderschöne Locken, aber das ist jetzt alles etwas weniger geworden. Dafür unten ein bißchen mehr. Also am Bauch. Er hat diesen Bauchansatz, wie Männer das eben haben. Und er hat so ein markantes Gesicht, so ein markantes Männergesicht ...

Cora: ... wie Männer das eben haben. Ich sagte noch Herr Schnick zu ihm, und er drehte sich um ...

Inge: Jaaa, so isser!

Cora: Das war übrigens kurz vor der zweiten Explosion, die ja, wie Sie wissen, das Schiff in zwei Hälften gerissen hat ...

Inge: Das Schiff interessiert mich nicht. Peter, Sie wollten von Peter erzählen ...

Cora: Peter stand genau auf der Mittellinie, also mit dem rechten Bein rechts von der Mitte und mit dem linken Bein links. Und als es dann zur Explosion kam, da machte Peter die Grätsche.

Inge: Die was?

Cora: Das kann Ihnen Fräulein Stappert sicher besser erklären.

Siggi: Spagat ... runter ... Beine auseinander.

Inge: Das kann Peter nicht!

Cora: Eben.

Siggi: Und so hat es ihn weiter durchgerissen ...

Cora: ... wie das Schiff.

Siggi: ... bis oben hin.

Inge: Hören Sie auf, mir wird schlecht.

Cora: Und dann ist seine eine Hälfte in die eine Richtung geflogen und seine andere Hälfte ... *Blick zu Siggi.*

Siggi: ... in die andere.

Inge: Hören Sie auf! Beim Fernsehen kann ich das auch nicht leiden, wenn die beim Essen immer so schlimme Nachrichten bringen.

Cora: Und es ist nicht anzunehmen, daß seine eine Hälfte hier angepaddelt kommt und die andere …

Siggi: … dort!

Inge: Wissen Sie was? Ich bestimme, wann mein Mann tot ist, und nicht Sie. Ich bestimme, wann ich das ertragen kann. Und ich will jetzt hier sitzen und mir vorstellen, daß er noch lebt. Ich will hier sitzen und mir vorstellen, daß er lebt und daß er kommt. Ich war dreizehn Jahre mit diesem Mann zusammen. Das können Sie sich gar nicht vorstellen. Sie waren ja gerade mal fünf Jahre mit einem Namen zusammen. Aber ich, dreizehn Jahre! Das ist fast ein halbes Leben. Meinen Sie, da kann ich nach acht Tagen, nach nur acht Tagen sagen: »Peter ist tot, einfach tot«. Nein, da brauch ich noch ein bißchen Zeit, vielleicht drei oder vier Tage, vielleicht auch fünf … vielleicht aber auch schon morgen früh … oder heute abend. Auf alle Fälle bestimme ich, wann Peter tot ist!

Cora: Heute abend wäre sehr schön. Wenn es länger dauert, sagen Sie bitte Bescheid.

Inge (*ganz ruhig*): Also, wenn er gestorben ist, dann bestimmt ganz schnell … Er ist bestimmt ertrunken. Er ist noch so ein bißchen geschwommen … und dann ganz sanft ertrunken, wie das so Peters Art ist. Da wäre ich gern dabeigewesen. Wahrscheinlich hat er noch an all die schlimmen Dinge gedacht, die er mir in den letzten Jahren gesagt hat, und wollte sich bei mir entschuldigen …

Cora: Seien Sie froh, daß Sie da nicht dabei waren.

Inge (*nickt*): Dann ist er wohl … tot. Dann kommt er wohl nicht mehr. *Erleichterung bei Cora und Siggi.* Ja, wer kommt denn dann? Wer unternimmt denn dann was? Ich meine, die vermissen mich doch. Meine Eltern, meine Arbeitskollegen – ich hab mir das alles schon ausgemalt, wie die um mich weinen, in meiner Zeit zur freien Verfügung stell ich mir das vor …

Siggi: Frau Schnick! Wie sollen die denn kommen, die wissen doch gar nicht, daß wir leben. Ich habe Ihnen das schon mehrmals erzählt. Dieses Rettungsboot ist das einzige intakte Rettungsboot des ganzen Schiffes, somit sind wir die einzigen Überlebenden. Alle anderen sind tot! Und niemand weiß, daß wir leben.

Inge (*verzweifelt*): Aber so was spricht sich doch rum.

Cora: Nein, ich glaube, das wird unser kleines Geheimnis bleiben.

Inge: Wieso denn Geheimnis? Das kann doch jeder wissen. Die können doch nicht glauben, daß wir tot sind. Wir leben doch. Wir leben! Siggi, Sie werden doch wohl auch von irgend jemandem vermißt. Sie … Sie haben doch einen Freund. Siggi, Sie haben einen Freund! Sie haben doch erzählt, er hat Ihnen diesen wunderschönen Brief geschrieben, daß er Sie vermißt, daß er sich nach Ihnen sehnt … Siggi, wie heißt Ihr Freund? … Wie heißt Ihr Freund?

Cora: Dirk.

Inge: Dirk? *Steht auf und ruft:* DIRK! DIRK!

Rechts: Siggi Stappert, Inge Schnick und Cora von Ablass-Krause nach dem Untergang der MS Helene

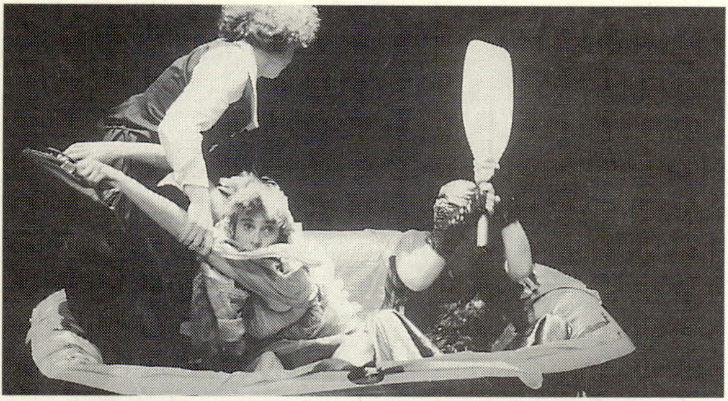

Foto: Helge Jakubowski

Cora: Nein!!!

Siggi packt Inge und schüttelt sie während des folgenden Ausbruchs – Cora schlägt im Takt dazu mit dem Paddel immer wieder auf den Bootsrand.

Siggi: Dirk hat mit mir Schluß gemacht, ich hab Sie angelogen, er hat mit mir Schluß gemacht, er hat mir geschrieben, daß er eine andere hat. Er will nichts mehr von mir wissen. Schluß! Aus! Schluß! *Ruhe – alle drei sitzen auf ihre Art benommen im Boot.* Aber er hat doch so gut zu mir gepaßt. Dirk, der hat so gut zu mir gepaßt. Bisher haben mich alle Männer immer nur gestört. Dirk, der hat mich nie gestört, der hat sich reibungslos in meinen Tagesablauf eingepaßt. Der ist mir praktisch nie aufgefallen, Dirk ist so verständnisvoll.

Inge (*wieder hoffnungsvoll*): Ja?

Siggi: Ja, wissen Sie, wir waren mal zusammen im Harz, bei einem Überlebenstraining, und da hab ich abends schon im Zelt gelegen, in meinem Schlafsack, und meinen Kopf hatte ich auf Dirks Schlafsackrolle gelegt …

Cora: Entschuldigen Sie bitte, wo hatten Sie Ihren Kopf genau hingelegt?

Siggi: Auf den zusammengerollten Schlafsack von Dirk. Später ist Dirk dann auch ins Zelt gekommen, und er dachte, ich schlaf schon, und wollte mich nicht stören, er hätte mich ja gestört, wenn er mir seine Schlafsackrolle unter meinem Kopf weggezogen hätte, also wollte er mit in meinen Schlafsack kriechen. Ich hab ihm gesagt: »Dirk, du störst mich nicht, nimm ruhig deinen eigenen Schlafsack, ich kann meinen Kopf auch woanders hinlegen«, und es war auch schon halb zwölf und Schlafenszeit, aber bevor ich eingeschlafen bin, habe ich mich noch bei ihm für sein Verständnis bedankt.

Fassungslosigkeit.

Inge: Dann kommt der wohl nicht. *Pause.* Was machen wir denn dann jetzt?

Siggi: Weiß ich nicht. – Wie spät ist es denn?

Inge: Schauen Sie doch auf Ihre Sonne!

Siggi: Ja ... Es ist jetzt 14 Uhr 20 ... und da haben wir ja laut Plan ...

Cora: Ja, was haben wir denn da laut Plan? Na? Vielleicht von 14 Uhr 30 bis 15 Uhr Mittagsschlaf. Um 15 Uhr 05 werde ich dann auf den Treibanker kacken, wofür wir seit kurzem den Gürtel von Frau Schnick benutzen, von 15 Uhr 05 bis 15 Uhr 10 werde ich darüber nachdenken, warum es Sie stört, daß Dirk in Ihren Schlafsack will, und auf welche Sackrolle Sie Ihr Haupt betten. Um 15 Uhr 15 werde ich darüber ein Gedicht verfassen. O Sackrolle! 15 Uhr 30 habe ich eine kleine Aussprache mit Frau Schnick im Rahmen der großen Aussprache, und zwar über die Grätsche ihres Mannes, eine Grätsche in die Ewigkeit. 16 Uhr 30 werde ich – aufgrund meines überhöhten Alkoholspiegels – ein kleines Nickerchen machen. 18 Uhr: Abendbrot! Diesmal ohne Vorspeise – dafür vielleicht einen leichten kalifornischen Rotwein! 19 Uhr: Gemeinsames Betrachten des Sonnenuntergangs, nicht ohne daß Fräulein Stappert aus der noch soeben geretteten Mundorgel ein Lied herausgesucht haben wird, das wir alle drei gemeinsam zum Sonnenuntergang absingen müssen, wobei Sie beide natürlich alle elf

Strophen auswendig können, wohingegen ich schon bei der ersten aufgebe. Resignation auf der ganzen Linie. Wecken Sie mich morgen früh um Punkt 7 Uhr. Ich erwarte wichtige Telefonate.

Siggi: Fertig? – Haben Sie was gegen meinen Plan? Gut, gut. Bitte, ich will mich nicht weiter aufdrängen. Ganz wie Sie wollen. Hier, dann nehmen Sie doch dieses Paddel. Paddeln Sie, wohin Sie wollen, mir ist das jetzt so was von egal. Hier, nehmen Sie den Zwieback, essen Sie von mir aus alles auf. Frau Schnick, hier haben Sie das Wasser, machen Sie damit, was Sie wollen. Krause, und Sie, Sie ernenne ich jetzt zur Bootsführerin, vielleicht können Sie es ja besser. Und diese Decke wird jetzt auch nicht mehr geteilt, das ist jetzt meine. Ich lege mich jetzt hierhin und schlafe. Gute Nacht.

Erstaunen.

Inge: Jetzt?

Cora: Es ist jetzt doch gar nicht die Zeit ...

Inge: Außerdem lieg ich sonst immer da ...

Cora *macht sich über den Zwieback her*: Gut, dann wird Fräulein Stappert ja wohl auch ihr Abendessen heute nicht mehr wollen. Mhm. Radieschengratin ... köstlich. Ah. Ich sehe gerade, Sie können morgen ausschlafen, Fräulein Stappert. Ich verzehre soeben Ihr Frühstück ... Hoffnungslosigkeit macht sich breit. Das ist Inspiration! Die Dummheit schweigt!

Inge: Dann schweigen Sie doch auch mal.

Cora: Schweigt fast. Mhm ... Dazu ein bißchen Coq au vin, oh, ist aber Coq au rhum. Ach, auch gut. Gut! Und für die Fische ... bald ist die Ration weg. Siggi ... davon hätten wir wahrscheinlich noch drei

Wochen leben können ... Peter ist tot, bald stirbt Frau Schnick, ohne Sondermarken, einen Sondertod. Schalter Schnick wird für immer geschlossen. Schnick schaltet nicht mehr. Siggi! Ich finde, Sie sollten mich davon abhalten, die ganze Ration aufzuessen ... Für Peter, beide Hälften. Dann schmeiße ich jetzt das Paddel über Bord. Siggi, ich mach das wirklich. Jetzt! *Schmeißt es raus.*

Siggi singt: Was sind wir Weiber doch für'n lustiger Verein ...

Inge stimmt ein, beide leise:

Wir können auch ohne Männer ganz schön lustig sein
dann sind wir gleich zu dollen Sachen auch bereit
wie in der pfft Jungmädchenzeit
was sind wir Weiber doch für'n lustiger Verein
drum laßt uns bitte bitte öfter mal allein
doch keine Angst, wir kommen nach Hause ja zurück
und dann ist Vatern Vatern wieder unser Glück
hipphipphurra ...

Schiffsgeräusch, alle winken, versuchen auf sich aufmerksam zu machen, jede für sich hält plötzlich inne und versteckt sich. Das Schiff kommt, fährt vorbei, eine nach der anderen taucht wieder auf, gucken, sitzen nebeneinander, lachen.

Inge: Sie sitzen in meinem Bereich.

Cora / Siggi: Oh, Entschuldigung. *Wollen auf ihre Plätze.*

Inge: Nein, bleiben Sie doch sitzen. Ist doch auch schön.

Cora: Wenn Sie wollen, könnte ich Sie ja morgen mal zu mir in meinen Bereich einladen. Vielleicht zum Tee?

Siggi: Zum Tee? Bei Ihnen?

Cora: Sagen wir, um 5 Uhr?

Siggi: Aber ich komme pünktlich, Krause.

Cora: Siggi, Sie können ruhig Krause zu mir sagen, aber klingeln müssen Sie bei von Ablaß-Krause.

Inge: Und was ist mit mir?

Cora: Frau Schnick, Sie sind natürlich auch herzlich eingeladen.

Inge: Wissen Sie was? Ich komme allein!!!

PREISE

Ja, wir sind Preisträgerinnen. Wir haben den Deutschen Kleinkunstpreis, den Salzburger Stier und den Leipziger Löwenzahn.

Natürlich tragen wir die Preise nicht mit uns rum, sie stehen zu Hause bei der einen und bei der anderen, ehrlich gesagt, dumm rum.

Der Deutsche Kleinkunstpreis ist eine Glocke. Da wir kein Schiff und auch keine Kellerbar besitzen und unsere Wohnungstüren mit ganz normalen Klingeln ausgestattet sind, können wir die Kleinkunstglocke nicht so recht einsetzen… Sie hat aber ihren Platz gefunden: Sie steht zwischen Kleiderschrank und einer sehr schönen Blumensäule in meinem Schlafzimmer auf dem Fußboden. Vielleicht, daß ich mal läute und daß mir jemand Frühstück ans Bett bringt…

Der Salzburger Stier ist ein Stier. Jezz kein echter. Eine Skulptur, und zwar eine ganz schön schwere. Der Stier ist ein sehr praktischer Preis. Er steht in der Wohnung der Kollegin, auch auf dem Fußboden. Wenn mal ein Einbrecher kommt, kann sie den Stier als Waffe benutzen. Ich dagegen kann nur die Glocke läuten, wenn mal ein Dieb kommt.

Interessant ist, der Stier hat keine Eier. Wir waren sehr irritiert, als man ihn uns überreichte. Es kann nicht daran liegen, daß wir Frauenkabarett machen. Die anderen Preisträger hatten auch Stiere ohne Eier. Ihnen ist es nur nicht sofort aufgefallen.

Foto: Archiv ARD

Michael Nitzel vom Berliner Kabarett »Distel« überreicht uns den »Salzburger Stier«. In Salzburg, in Österreich

Und dann haben wir noch den Leipziger Löwenzahn. Den kann man nicht auf den Fußboden stellen, der kippt immer um. Wir haben den Prototypen. Mittlerweile ist er wohl weiterentwickelt. Die anderen Preisträger und -innen können sich ihren Löwenzahn jetzt um den Hals hängen, aber das würden wir nicht wollen. Es handelt sich übrigens nicht um die Pflanze Löwenzahn, sondern um einen echten Löwenzahn, also von einem Tier, einem Löwen eben.

Wir waren fest davon überzeugt, eine Pflanze überreicht zu bekommen… Wer rechnet denn damit, daß es in Leipzig Löwen gibt.

Der Löwe ist übrigens nicht extra erlegt worden. Wir haben uns erkundigt, er hat sich freiwillig und ganz natürlich von seinem Zahn getrennt, im Leipziger Zoo.

Wie fühlt man sich denn so als Preisträgerinnen, werden wir oft gefragt. Nun, nicht anders als vorher. Wir haben uns natürlich gefreut, dann haben wir es sofort wieder vergessen, weil wir immer so sehr mit anderen Sachen beschäftigt sind (wir arbeiten so gut wie immer). Wir wurden erst durch andere wieder daran erinnert, weil man uns beglückwünschte. Und da keine von uns Geburtstag hatte, fiel es uns dann wieder ein… Wir sind ja Preisträgerinnen.

In Wirklichkeit isses doch so: Da sitzen Menschen in Gremien (Männer und Frauen, aber doch hauptsächlich Männer) und raufen sich die Haare und zermartern sich das Hirn – wem können wir denn dieses Jahr den Preis verleihen? Tja, und wir waren eben einfach mal dran.

So ist das mit den Preisen.

Foto: Harald Hoffmann

WO NIEMAND WARTET

1994

Regie: Gaby Rothmüller

ANSPRACHE DER KLOFRAU

Also, ich finde, Sie sind ein sehr nettes Publikum. Für so'n dusseligen Dienstag. Wirklich. Wer geht denn schon unter der Woche ins Theater? Journalisten, Melancholiker, Depressive ... Alle, die nich zu ihrem Vergnügen da sind. Aber dafür sind Sie ein zauberhaftes Publikum.

Ich hab natürlich jetzt mehr die Perspektive vonner Toilette, bei den Damen z. B., schön Schlangen gebildet, keine drängelt sich vor, daß da mal so ein Ausweis hochgehalten wird von wegen »Ich hab nur noch eine Hüfte«. Ich bitte Sie, wir als Frau, wir hatten alle eine schwere Kindheit, jede von uns hätte das Recht, als erste zu pissen. Bei den Männern bilden sich seltsamerweise nicht so sehr Schlangen. Beobachtet man oft. Und ich hab mir sehr viele Gedanken gemacht, also ich glaube, der Mann an sich – erst mal muß klargestellt werden: Der Mann ist von innen gut! – Der Mann an sich will schon zur Keramik, aber dann kommt ihm so dumm so'n Baum dazwischen, und schwupps, bleibt er ... hängen.

Aber ich glaube, das hat prähistorische Gründe. Als der Mann nämlich noch Affe war, gut, sagen wir: Halbaffe, da war er ja Jäger und Sammler. Und das Wild äste auf einer Urwiese. Und weil der Halbaffe nur diesen winzigen Keil in seiner Faust hatte, mußte er nun jahrhundertelang lauern, auf das Wild, und das tat er hinter einem Baum. Und wenn ihn dann das Bedürfnis überkam, tat er's da, wo er stand: am Baum. So hat sich also ein Verhältnis gebildet zwischen dem Mann und dem Baum, das jetzt wahrscheinlich genetisch drin ist.

Also, wenn mich mal einer fragen würde, ich würde die Pissoirs völlig anders gestalten. Das muß den Mann ja irritieren, diese Porzellan-Gebärmutter-Nachbildungen. Zum Beispiel eine Birke, schön passend zu den Kacheln in Schwarz-Weiß, aber die sind ja so dünn, die Birken, wär der Mann schon wieder überfordert, also am besten ist eigentlich eine deutsche Eiche in Keramik auf den Männer-WCs.

Drauf gekommen bin ich übrigens durch den Kratzbaum von meiner Katze, und so eine Katze, die ist ja ein hochintelligentes Tier, und wenn die sich schon täuschen läßt ... Das dazu. Aber ansonsten bin ich gern auf'm Klo!

Wir haben ja Frauenkabarett gemacht, und der Wechsel zur Toilettenfrau war eigentlich eine fließende Angelegenheit. Der Arbeitsamt-Mann hatte uns ja geraten, das Gesicht nicht mehr so raushängen zu lassen. Die Kollegin hat es übrigens wunderbar getroffen: Die ist vom Arbeitsamt auf eine Insel geschickt worden, richtig mit Wasser drum rum, Antillen oder so, die telefoniert den ganzen Tag. Jetzt wären die Gepräche für sie nicht so befriedigend, sagt sie, aber wer mit Männern telefoniert, ist selber schuld, sag ich. Na ja.

Frauenkabarett war aber auch schön. Zuerst kamen ja nur ganz wenige Männer ins Programm, und wenn, dann eher gezwungenermaßen. Die war'n unter Druck gesetzt worden. Zum Beispiel Androhung von Liebesentzug. Geht so'n Mann schon mal ins Frauenkabarett, bevor so gar nix mehr läuft ... bei einigen wirkt sogar schon Spüldrohung.

Aber das hat sich mit der Zeit geändert. Später kamen die Jungs dann freiwillig, in Gruppen, heterosexuell, aber ohne ihre Freundinnen. War 'ne schöne Zeit. Wir haben immer noch sehr viel diskutiert nach der Vorstellung. Hach, die hatten ja immer noch eine Frage …

Was ich allerdings damals am meisten genossen habe, war, daß das Feindbild so klar war. Erinnern Sie sich noch? Die Schweine waren doch die Männer. Also nich, daß man nicht mit ihnen ins Bett gegangen wäre oder essen, nur wenn es hart auf hart kam, Schweine waren immer die Männer. Jetzt sagen Sie nicht, Sie erinnern sich nicht mehr? Am schönsten war doch die Phase – nur war die allerdings sehr kurz –, als die Jungs das selber eingesehen haben. Die sind doch massenhaft in die Toskana gefahren, um zu aquarellieren, damit sie dieses innere Schwein loswerden. Man konnte ja jahrelang nicht mehr nach Italien, weil überall diese wasserfarbenspritzenden Exchauvinisten rumhockten … So, jetzt erinnern Sie sich.

Auffer Toilette sieht das leider ganz anders aus. Da mußte ich mein Feindbild aber so was von ändern. Die Schweine sind die Frauen. Ja! Tut mir auch weh!

Also, was die alles liegenlassen. Hügene-Artikel sowieso, hör'n Sie auf zu lachen, da könnten sich die Damen hier nach der Vorstellung mal bei mir melden, da könnten wir das mal üben, rein in die Tüte, raus aus der Tüte, und reden Sie sich nicht damit raus, sie kämen aus Bayern, es steht in allen Sprachen auf der Tüte drauf.

Letztens hab ich zwei Kohlrabi gefunden!!! Was soll das sein? Öko-Liebeskugeln? Die war'n ja noch nicht mal geschält!!! Das muß doch weh tun. Und überhaupt, wenn da so eine reinkommt, die so komisch vor sich hin klingelt, wie so'n defektes Adventsglöckchen, und dann keine Ohrringe an, aber diesen Gang ... Machen Sie, was Sie wollen, aber lassen Sie die Dinger nich in meine Klos fallen, ich tauch da nich nach. Meine Güte. Ich hatte als Kind auch so Kugeln, mußte man auch so aneinanderklacken lassen, aber extern, meine Damen, extern!

So, jetzt hab ich mich doch wieder aufgeregt, dabei wollt ich bloß mal loswerden, daß Sie – in der Masse – eigentlich zauberhaft sind. Ich muß auch wieder aufs Klo, ist ja immer alles im Fluß, und kommen Sie ruhig ma vorbei, meine Damen, wir können über alles reden.

MATTA UND LISBETT AN DEN GRÄBERN

Matta und Lisbett treffen sich auf dem Friedhof. Lisbett kommt als erste und beginnt eine Unterhaltung mit dem Grab eines Verflossenen.

Lisbett: Et gibt Männer, da kannze gut von vorne drauf gucken … Andere guckse besser von hinten an … is auch schön. Und ein ganz paar guckse am besten von oben an, wenn da Blümchen drüber wachsen. Nich so mein Johann!! Der is ein bißchen früh von mir gegangen. Ich kann es nich so gut haben, wenn die Jungens einem so unter den Fingern wegsterben. Ich hab dat lieber, die gehen, wenn ich dat will. Nich, wenn sich da jemand einmischt. Und der Johann, der hatte so'n richtig großen Schlitten, war Chauffeur, haben wir auch drauf geschrieben auffen Grabstein: Wie der Wagen eines Mannes, so sein Johannes … Ja, wir denken uns da was bei, bei den Inschriften …

Matta: Huhu! Lisbett! Da bin ich!

Lisbett: Ja, Matta. Ich weiß, dat du dat bist, aber ich erschreck mich jedesmal.

Matta: Ja, ne?

Lisbett: Bisse wieder über alle Stiefmütterchen drüber weggetrampelt?

Matta: Ja, wenn die einem immer so im Weg rumliegen…

Lisbett: Is klar. Dat Stiefmütterchen an sich is auch 'ne stark rankende Pflanze …

Matta: Ich kann nix dafür, wenn die hier ständig umbauen.

Lisbett: Matta! Der Friedhof is so ziemlich der einzige

Ort auffer Welt, wo die nich von einem Tag auffen anderen umbauen.

Matta: Ach?! Und warum find ich mich dann hier nich zurecht?

Lisbett: Kann ich dir genau sagen, dat is beginnende Altersheimer.

Matta: Nee, dat hab ich nich. Ich weiß noch genau, wie ich heiß und alles.

Lisbett: Die andere Möglichkeit is natürlich, dat die Gräber nachts hüppen.

Matta: Ja, dat wird et sein.

Lisbett: Ich sach nix mehr. Können wir jetzt?

Matta: Lisbett, wat wollten wir noch mal?

Lisbett: Löcher gucken.

Matta: Genau, Löcher gucken, da wär ich gleich drauf gekommen.

Lisbett: Dann laß uns ma.

Die beiden gehen los Richtung »Löcher«.

Lisbett: Da, sisse? Zwei Löcher!

Matta: Jou, dat sind ja zwei.

Lisbett: Hab ich doch gesacht, et sind zwei Löcher.

Matta: Hassu recht gehabt.

Lisbett: Dat gibt'n Fläschken Eierlikör!

Matta: Ja.

Lisbett: Fläschken Eierlikör.

Matta: Ja. Du kriegst dein Fläschken Eierlikör. Wenn ich 'ne Wette verlier, dann halt ich die auch ein, wenn auch nich gerne.

Lisbett: Soviel Eierlikör kann ich gar nich trinken, ich hab schon drei Salmonellen.

Matta: Dat dat zwei Löcher sind, berunruhigt mich getz doch'n bißken.

Lisbett: Dat eine is ja auch der Heldenplatz ... der ist doch schon immer leer. Findste keine Helden mehr.

Matta: Et gibt doch mehr Sausäcke.

Lisbett: Aber wat schön, dat wir die alle so in Reihe gelegt haben.

Matta: So richtig schön übersichtlich. Ein Sausack neben dem anderen.

Lisbett: Soll'n wir noch mal zu SCHADEDRUM gehen?

Matta: Willste zu deinem Chauffeur, ne?!

Lisbett: Jou, mein Johann!

Matta: Der hatte so'n schönen großen Wagen.

Lisbett: Und dann hatte der doch diesen Unfall, wo der so dumm über den doofen Dackel gefahren is.

Matta: Wat denn für'n Dackel!!??

Lisbett: Wo der Willi immer hinten dran hing!

Matta: DER Dackel! Jou, so habt ihr euch doch kennengelernt.

Lisbett: Ja, war hochromantisch ... Haben der Johann und ich unter dem großen Auto gelegen und versucht, den Dackel und den Willi in ... Dackel und Willi zu sortieren. Aber war nich mehr möglich.

Matta: War alles ein Klump ... Sachma, die liegen doch auch beide bei de Sausäcke. Und ich hab noch immer zum Willi gesacht: Häng nich so an dem Tier! Dat hatt er jetzt davon.

Lisbett: Weisse, Matta, wenn ich dat Stöckchen nich geschmissen hätte ... Aber ich sach immer: Wennze als Frau einen netten jungen Mann kennenlernen willst, musse dich ein bißchen engagieren: Stöckchen, Taschentuch, Bananenschale.

Foto: Ulrich von Born

Matta und Lisbett mit Eierlikor an der Gräbern

Matta: Von nix kommt nix. So, wat wollt ich denn noch ma? Ich wollt doch wat?

Lisbett: Wir wollten Löcher gucken, dat haben wir gemacht, und ich hab gewonnen.

Matta: Getz weiß ich, ich hab die Blümkes vergessen.

Lisbett: Wofür?

Matta: Für'n Rudi. Ich bring dem Rudi doch immer Blümkes mit.

Lisbett: Jou, der Beerdigungsinstituts-Rudi!

Matta: Der liegt ja auch bei SCHADEDRUM.

Lisbett: Der Rudi war ein ganz phänomenaler Charakter.

Matta: Jou.

Lisbett: Für'n Mann einmalig. Der Rudi is haarscharf am Heldenplatz vorbeigegangen.

Matta: Fast ein Held.

Lisbett: Haarscharf!

Matta: Dem hab ich doch so'n schönen Tod besorgt.

Lisbett: So schön.

Matta: Der is auffem Höhepunkt gestorben.

Lisbett: Jou.

Matta: Im Kommen gegangen.

Lisbett: Haben wir auffen Grabstein auch drauf geschrieben: Guten Tach, auf Wiedersehn. Ich sach doch, wir denken uns da wat dabei ... Sanft ruht hier keiner!

Matta: Dat war doch schön.

Lisbett: Wenn du den Rudi nich so schön zu Ende gebracht hättest, hätten wir dat Institut auch nich geerbt, ne?

Matta: Den hätt ich gern noch 'n bißken bei mir gehabt, den Rudi.

Lisbett: Och, dat Institut is mir aber lieber ...

Matta: Da hinten war doch ein frisches Grab, da könnt ich doch die Blümkes für den Rudi … dat geht doch?!

Lisbett: Ja, sicher, dat regeln die Toten unter sich.

Matta: Ja, ne?

Lisbett: Unter Tage herrschen ganz andere Bedingungen.

Matta: Jou, dann bleib du schön hier stehen, daß ich dich auch wiederfinde.

Matta rast los.

Lisbett: Oh, oh, dat Problem gestaltet sich anders. Ich hab so 'ne Angst, dat die eines Tages in ein offenes Loch fällt, und dann tut da irgend jemand Blumen drauf, und ich weiß nich, wo die liegt … und man kann ja nich überall gießen.

DAS SAUSACK-LIED

Er war gar nich nett, wurde viel zu fett
Doch jetzt liegt er hier auffem Totenbett
Ich weiß gar nich mehr, wat am Geschlechtsverkehr
Mit dem so spannend war, is schon Jahre her
Die Zeit vergeht, ohne dat wat steht
Aber getz is klar, wat er immer war
'n fiesen Möpp
'n fiesen Möpp

Immer wenn er aß, wurde mir fast schlecht
Und wenner schlief, hatter nur gesägt
Und wenner trank, immer viel zuviel
Und danach im Bett, immer viel zu früh
Sprechen konnt er nich, dafür schrie er rum
Und er stank wie 'n Schwein, und er war so dumm
Aber getz is klar, watter immer war
'n fiesen Möpp
'n fiesen Möpp

Geh doch wech von mir, hau doch endlich ab
Mensch, ich sachet dir, mach doch endlich schlapp
Bissu aussem Raum, wird die Luft ganz klar
Dat man atmen kann, einfach wunderbar
Mach die Biege, Mann, stell dich bloß nich an
Du glaubst doch nich, ich liebe dich
Nee, mir graut vor dir, geh doch wech von mir

Und getz isser tot, nee, wat is dat schön
Wie er da so liegt, herrlich anzusehn
Et war absehbar, dat der ganze Lack

Nur Fassade war, und getz isser ab
Der Möpp is tot, der Sausack schweigt
Und et is vorbei, und ich bin frei
Et is totenstill, ich bin am Ziel
Der Möpp is tot
Der Möpp is tot

HAUSMEISTER

Der Tag kann noch so schön angefangen haben, spätestens wenn man auf den Hausmeister trifft, isses vorbei. Hausmeister sind zunächst mal nicht da, damit man ein bißchen Zeit damit verbringen muß, sie zu suchen. Wenn man sie gefunden hat, sind sie nicht zuständig. Der Hausmeister an sich wird als solcher geboren; ich glaube nicht, daß man aus einem guten Menschen einen Hausmeister machen kann. Der Hausmeister kommt mit drei Sätzen zur Welt: »Davon weiß ich ja gar nichts«, »Das geht hier nicht« und »Da können Sie nicht parken«. Mit diesen drei Sätzen kommt so ein Hausmeister prima durchs Leben.

Seine Funktion an einem Veranstaltungsort läßt sich mit einem Wort umreißen: Verhindern!

Eigentlich findet die Veranstaltung trotz des Hausmeisters statt. Der Hausmeister hat keinen Vorgesetzten, an den man sich wenden kann, und wenn, dann ist dieser Chef mit Sicherheit auch ein Hausmeister.

In der Seele eines Hausmeisters treffen sich urdeutsche Qualitäten: Kehrwoche, Schäferhund, Blockwart und Sendungsbewußtsein, alles gepaart mit einem völligen technischen Unverständnis und einem stoischen Chauvinismus. Nicht umsonst ist der Kittel grau. Und nicht zufällig sind Hausmeister fast immer Männer. (O.K., es gibt sie, die Ausnahmen, und es gibt die Gattinnen der Hausmeister, die uns dann irgendwann aus ihren privaten Vorräten einen Kaffee kochen…)

LEHRERINNEN

Bühnenbild: Zwei Toiletten, getrennt durch einen Paravent. Ein Schulgong ertönt, Pausenlärm … Frau Lehmann-Brack betritt die Bühne, setzt sich auf den Klodeckel und raucht eine Zigarette. Frau Nölle betritt von der anderen Seite die Bühne. Die beiden sehen sich nicht.

Nölle: Hallooo? Wer ist denn da vielleicht?

Lehmann-Brack ist entsetzt und will flüchten.

Nölle: Huhu, ist denn da jemand?

Lehmann-Brack: Nein.

Nölle: Ach, Frau Lehmann-Brack. Ich hab Sie doch erkannt. Ich weiß doch, daß Sie es sind. Sie verbringen ja jede Pause auf der Toilette … Wie geht es Ihnen?

Lehmann-Brack: Bis gerade eben fantastisch. *Tritt ihre Zigarette aus und beginnt eine Banane zu essen.*

Nölle: Hach, da bin ich ja beruhigt. Ich hab heute nämlich einen ganz schlechten Tach. Aber ich hab auch nicht getanzt heute morgen. Und wenn ich morgens nicht tanze, dann gibt das nichts mit mir. Dann hab ich den ganzen Tag so eine Nullausstrahlung … Ich wollte mich auch nur mal bei Ihnen bedanken, weil das sah ja vorhin ein bißchen dumm aus, wie ich so auf allen vieren aus der Klasse rausgekrochen bin … aber der Thorsten hat mir den Tornister auch immer wieder auf den Kopf gehauen … elfmal, zwölfmal … da war kein Ende abzusehen. Nun ist der Thorsten eigentlich kein schlechter Junge, von innen ist der gut, dem fehlt nur die Mutter … Ich

Foto: Thomas Range

»Wenn die Blase schweigt, dann hat man keine Tränen mehr.«
Frau Nölle und Frau Lehmann-Brack auf dem Lehrerklo

bin also erst mal aus der Klasse raus, auf den Flur … Ich dachte, daß vielleicht der Schulpflegschaftsvorsitzende vorbeikommt … aber dann sind Sie ja gekommen und haben so schön für Ordnung gesorgt, und so schnell auch. Und da wollt ich mich einfach nur mal bedanken. Dankeee.

Lehmann-Brack schweigt genervt.

Nölle: Frau Lehmann-Brack?

Lehmann-Brack schweigt.

Nölle: Was machen Sie denn da?

Lehmann-Brack: Ich onaniere. *Beißt genußvoll in die Banane.*

Nölle: Man hört aber nichts … Frau Lehmann-Brack,

mein Homöopath sagt, wenn die Blase schweigt, dann hat man keine Tränen mehr. – Haben Sie keine Tränen mehr, Frau Lehmann-Brack?
Lehmann-Brack: Frau Nölle, ich will einfach nur meine Ruhe!
Nölle: Ja, dann sagen Sie das doch.

Längeres Schweigen auf beiden Seiten.

Nölle: Es ist wegen Ihrem Mann, ne?
Lehmann-Brack: Bitte??
Nölle: Ja, ich weiß doch Bescheid. Alle wissen Bescheid, das ganze Kollegium. Sie haben sich doch getrennt.
Lehmann-Brack: Sicher, ist ja auch erst vier Jahre her.
Nölle: Aber die Zeit heilt nicht alle Wunden, und er läuft Ihnen ja jeden Tag über den Weg ... Gernot Brack, Biologie und Geschichte ... das macht es nicht einfacher ... Und Sie haben ja auch nichts ... oder tanzen Sie morgens nackt?
Lehmann-Brack: Nee!!
Nölle: Und Kinder haben Sie auch keine ...
Lehmann-Brack: Nein.
Nölle: Soll ich denn mal mit ihm reden, hm?
Lehmann-Brack *würgt an ihrer Banane*: Frau Nölle, es geht mir gut!
Nölle: Aber das stimmt doch nicht.
Lehmann-Brack schmeißt genervt die Bananenschale in eine Ecke.
Nölle: Seh'n Sie mal, ich schreibe mir mit einem ... ich will nicht sagen, Verbrecher. Von innen ist der eigentlich gut, dem fehlt nur die Mutter. Jetzt gäbe es in dem Gefängnis noch mehr Verbrecher zum sich

Foto: Ulrich von Born

»Ich bin eine autoritäre Sau geworden.« Frau Nölle und Frau Lehmann-Brack

mit schreiben. Soll ich Ihnen denn mal ein paar Adressen geben?

Lehmann-Brack schweigt.

Nölle: Oder Sie kommen einfach mal mit zum Lehrerwolliball …

Lehmann-Brack: Mein Gott, Frau Nölle! *Steigt auf das Klo und schreit über die Trennwand hinweg:* Diese Schule kotzt mich an. Die Kollegen kotzen mich an. Und Sie, Sie kotzen mich schon lange an! Und ob die Schüler sich hier gegenseitig erhängen oder erstechen, interessiert mich nicht! Und ob diese Tussi aus der 12b von ihrem Vater sexuell mißbraucht wird, interessiert mich auch nicht. Ich bin eine autoritäre Sau geworden, jawohl. Ich verteile schlechte Noten, aus einem einzigen Grund: Ich will meine Ruhe! *Setzt sich wieder.*

Nölle: Frau Lehmann-Brack?

Lehmann-Brack: RUHE!

Nölle (*flüstert*): Das kriegen wir wieder hin, Frau Lehmann-Brack. Das kriegen wir wieder hin.

Lehmann-Brack rauft sich die Haare.

Nölle: Aber wie? Frau Lehmann-Brack, ich sag Ihnen jetzt was, das weiß hier niemand an der Schule …

Lehmann-Brack hält sich entsetzt die Ohren zu und flüchtet.

Nölle: Ich fahre einmal im Jahr nach Juist. Zum Nackttanzen. Wir treffen uns da mit Lehrerinnen aus allen Bundesländern und tanzen zweimal am Tag nackt am Strand. Sonnenaufgang und Sonnenuntergang. Das ist so schön, da fällt von Ihnen alles runter … äh … ab. Da müßten Sie mal mittun … aber da müßten wir natürlich vorher ein Tänzchen einstudieren, damit Sie nicht so abseits stehen … zum Beispiel den Raub der Sabinerinnen, das dauert nur sechs Minuten. Das könnten wir hier auf der Toilette probieren, aber besser angezogen, weil der Thorsten ja auch schon mal mit der Videokamera … Hach, stellen Sie sich das mal vor … wir beiden Lehrerinnen teilen uns ein winziges Zimmerchen auf Juist … *Schulgong ertönt.* Oh, ich muß los. Ich glaube, der Direktor kontrolliert mich ein bißchen. Sagen Sie jetzt erst mal nichts, Frau Lehmann-Brack. Sie müssen sich ja nicht sofort entscheiden. Legen Sie mir einfach ein Zettelchen ins Fach, ja? Bleiben Sie erst mal sitzen, ich kümmer mich schon um Ihre Klasse. Rauchen Sie zu Ende … oder was immer Sie da machen. Und, Frau Lehmann-Brack, das kriegen wir wieder hin.

BEERDIGUNG EINER BINDE

Im Beerdigungsinstitut. Matta kommt herein, rennt zum Klo.

Matta: Oh, wat muß ich. Getz aber schnell. – Dat geht inne Hose! Hilfe! Ganz ruhig, Matta. Schön eins nach'm andern. Schließmuskel schließen ... und halten ... und halten ... *Knöpft währenddessen den Mantel auf, zieht umständlich ihren Liebestöter unterm Kleid hervor und hockt sich aufs Klo.* Oh, wat tut dat gut! Et gibt doch nix Schöneres, als auf'm eigenen Klo zu sitzen. Und jezz kommt dat Allerschönste. Gleich kommt et nämlich. Et kommt. Ich spür doch, dat et gleich kommt. Jezz gleich ... jezz ... jezz kommt wieder nix!! Dat is immer datselbe: Ich muß immer so nötig, und wenn ich dann sitz, dann kann ich nich mehr. Kennen Se dat? Ja, dat kommt auch noch auf Sie zu. Na ja, ersma 'n lecker Eierlikörchen. Ich sach immer: vielleicht dat oben wat reinmuß, dat unten auch wat rauskann. Und dat is so lecker, dat Zeug. Und so gelb auch, ne? Prostata.

Köstlich. Da könnt ich mich reinlegen. Aber jezz muß ich anne Arbeit. Wat muß überhaupt gemacht werden?

Ich bin 'n bißken beunruhigt, weil ich so'n bißken durcheinander bin in letzter Zeit. Aber dat wird schon. Ah, der Brockensack muß unter de Erde. Jezz weiß ich wieder. Und die Totenfeier muß geplant werden. Wen laden wir denn ein? ... Kollakowski?? Der is doch tot? Wat macht der denn inne Kartei?

Wie oft sach ich der Lisbett, die Toten sind nich mehr vermittelbar? Dat is 'ne Kartei für die Überlebenden. Aber dat begreift die nich. Dat geht in deren Kopf anscheinend nich mehr rein. Dat is so 'ne richtige Karteileichenschlampe, die Lisbett. Aber ich reg mich nich auf. Ne, dat mach ich nich. Dat tut mir nich gut, wenn ich mich aufreg. – Doch, ich reg mich auf! Noch so'n Fall! Hier: Elfriede! Ja, die lebt. Leider. Immer noch. Die is so zäh. Dat is so'ne richtige Trockenpflaume. Die Frau is nur am Meckern. So'ne Spaßbremse eben. So'n richtiger Totenwachenkiller. Also, Elfriede fliegt heute ein für allemal raus. Ob se lebt oder nich, is mir egal. So! Ohhh! Der Direktor Wiemeier! Auf den hab ich ja 'n Auge geworfen. Der Mann is zweiundsechzig und hat noch alles eigene Zähne. Und dat schönste is, der wird wild beim Radetzkimarsch. Dat is so einer, der kommt rein und dadadamdadadamdadammdammdamm.

Nora Nölle betritt die Bühne.

Nölle: Halloo, is denn da jemand?

Sie sieht Matta auf dem WC sitzen und zieht sich sofort aus ihrem Blickbereich zurück. Beim folgenden Dialog können die beiden sich also nicht sehen.

Nölle: Huch, Sie sitzen ja da drauf.
Matta: Ja, soll ich daneben sitzen?
Nölle: Also, oh, das tut mir leid, ich kann auch wieder gehen.
Matta: Nein … lassen Se mal … Matta!

Nölle: Bitte??
Matta: Ich sach, ich heiß Matta!
Nölle: Nölle, Nora Nölle.
Matta: Guten Tach. Wissen Sie, ich hab immer dat Problem, dat ich muß, aber nich kann, und getz muß ich ersma warten, bis dat der Eierlikör wirkt.
Nölle: --
Matta: Frau Nölle!? Sind Sie noch da?
Nölle: Ja?
Matta: Ja, wat is denn?
Nölle: Das ist mir jetzt ein bißchen peinlich, Frau Matta, aber ich möchte eine Beerdigung beantragen.
Matta: Dat brauch Ihnen doch nich peinlich zu sein, dat machen wir.
Nölle: --
Matte: Frau Nölle! Dat Büro ist geöffnet!!
Nölle: --
Matta: Wat isset denn? Mann oder Frau?

Nölle *holt bei dieser Frage eine Tüte aus der Tasche, aus der sie eine gebrauchte Binde zieht, deren »Befleckung« allerdings mit der aus der Fernsehwerbung bekannten blauen Ersatzflüssigkeit gestaltet ist*: Also, es ist eher weiblich, würd ich sagen. Und weil es die letzte ist, wollte ich sie richtig feierlich beerdigen, wissen Sie, um für mich auch einen Schlußpunkt zu markieren ...
Matta: Mhm.
Nölle: Ich hatte mir auch schon Gedanken über eine Einladungsliste gemacht ...
Matta: Oh, Moment, da brauch ich erst mal ein Formular ...

Reißt etwas von der Klopapierrolle ab und versucht im folgenden, hektisch mitzuschreiben.

Nölle: Also, der Schulpflegschaftsvorsitzende, dann Frau Lehmann-Brack, die ist noch nicht soweit, aber das kann nicht mehr lange dauern, und den Thorsten, der Junge ist von innen gut, dem fehlt nur die Mutter, dann meine Nackttanzgruppe, wir würden gern am offenen Grab, wenn das möglich ist, ein Tänzchen aufführen …

Matta: Nackt?

Nölle: … es gibt da wunderschöne irische Bloody Marys, also zu diesem Anlaß …

Matta: Find ich ja gut.

Nölle: … dann meine Mutter, und, ganz wichtig, mein Homöopath.

Matta: Dat is so wat ähnliches wie 'n Arzt, ne?

Nölle: Das ist mein Arzt!

Matta: Ach, apropos, ham Se auch 'n Totenschein?

Nölle: Nein, Frau Matta, man bekommt ein Rezept.

Matta: Na ja, Hauptsache, wat Schriftliches. Wann isset denn passiert?

Nölle: Tja, das ist eine lange Geschichte, also die ersten Unregelmäßigkeiten waren vor zwei Jahren, Hitzewellen …

Matta: Ich will getz nich die ganze Krankengeschichte wissen, sondern nur, wann et passiert is!

Nölle: Also diese hier ist von vor fünf Monaten …

Matta: Dann wird et aber allerhöchste Zeit … Wat woll'n Se überhaupt? Erdbestattung? Feuer? Wir machen auch See.

Nölle: See wäre lustig. Im Roten Meer …

Matta: Dat geht alles, dat wird aber teuer …
Nölle: Frau Matta, das war ein Scherz!
Matta: Mhm.
Nölle: Ja, ich neige manchmal zu Humor. Nein, dies muß in Mutter Erde.
Matta: Mhm. Einzelgrab?
Nölle: Jaa, aber wäre es möglich, daß ich später selber dazugelegt werde?
Matta: Dann nehm Se lieber ein Doppelgrab? Oder gleich 'ne ganze Gruft?
Nölle: Nein, ich glaube, wir kommen mit einem Einzel zurecht.
Matta: Sooo, fünf Monate, da hat sich ja so ziemlich alles erledigt … Sollen wir sie schminken?
Nölle: Tja, das wäre eine Idee, daß das alles wieder ein bißchen frischer aussieht.
Matta: Da müssen wir dann ma gucken, wat noch geht, ne?
Nölle: Ich hätte da auch noch eine Frage: Wäre es möglich, daß ich selber am offenen Grab eine Rede halte?
Matta: Ja, sicher.
Nölle: Ich würde dann eröffnen mit den Worten: »Wer war sie, die hier liegt?«
Matta: Ja, wenn Sie dat schön finden … Getz muß ich aber ersma wissen … Wo soll'n wir die denn abholen?
Nölle: Ich hab die doch dabei!!
Matta: Wie, Sie haben die dabei?
Nölle: Ich schlepp die, ehrlich gesagt, seit fünf Monaten mit mir rum.
Matta: Oh! Da muß ich hinten ersma Platz machen …

Wo legen wir die denn getz hin … Am besten inne Tiefkühltruhe …

Matta steht auf, die beiden sehen sich, Frau Nölle hält die zu beerdigende Binde stolz hoch.

Matta: Wat is dat denn? Stehn Se hier so dumm rum mit dem Ding … und wissen nich, wohin damit, aber geben Se ma her …

Matta nimmt die Binde, stopft sie in die Toilette und zieht ab, Frau Nölle bleibt versteinert stehen.

Matta: Übrigens, kennen Se den: Liegt auffem Feld und is rot? Die Bauernregel!!

Matta geht nach hinten. Frau Nölle bleibt fassungslos stehen. Sie ringt lange um ihre Contenance, beschließt aber schlußendlich, sich mit den geschaffenen Tatsachen abzufinden.

Nölle: Wer war sie, die hier liegt?? Ihre Geschichte ist eine Geschichte voller Mißverständnisse. Sie war eine von vielen, namenlos, und trotzdem hat sie eine ganz besondere Bedeutung: Sie war die letzte. Sie markiert das Ende eines langen, blutigen Kampfes. Sie weist den Weg in eine Zeit der Trockenheit. Sie färbte sich ohne Emotion. Sie wertete nie, sie nahm nur auf. (*ergriffen*): Und es bleibt die Frage: Ist sie nun Siegerin oder Besiegte?

ELFRIEDE

Mein Fritz war Straßenbahnfahrer. Und als es keine Straßenbahnen mehr gab, da gab es auch nichts mehr für den Fritz. Der konnte nichts. Zu blöd, um aussem Bus zu gucken, der Mann.

Frührentner! Da hatte ich plötzlich einen Frührentner. Wissen Sie, was das heißt? Der saß den ganzen Tag bei mir zu Hause rum. Ich hab immer gesagt: Fritz, mach doch was, tu doch was, tu doch irgendwas, nur tu etwas, Fritz! Ja, da ist er eines Tages raus, in den Garten, mit der Motorsäge und hat alle Bäume abgesägt. Meine schönen Pflaumenbäume ... ohne ein einziges Wort zu sagen. Aber nach 'm Schlaganfall hat der gar nicht mehr gesprochen. Dieser Mann hat zum Sterben genau so lang gebraucht wie andere zum Erwachsenwerden. Fürchterlich.

Musikeinsatz

DAS »FRITZ-IST-TOT«-LIED

An einem Dienstag morgen um 6 Uhr 10
beschloß mein Mann, aus dem Leben zu gehen
sein Tod kam mir sehr ungelegen
ich konnt nicht zum Frisör – seinetwegen

Fritz ist tot – was heißt das schon
Fritz ist tot – der blanke Hohn
Sie glauben nicht, was so ein Mann
ob lebendig oder tot, für Ärger machen kann

Jahr für Jahr hab ich ihn gepflegt
gefüttert, gewaschen und trockengelegt
der Mann war ja nichts ohne mich
eine Witzfigur – einfach lächerlich

Fritz ist tot – ich fass es nicht
Fritz ist tot – dieser Tatterich
Sie glauben nicht, was so ein Mann
ob lebendig oder tot, für Ärger machen kann

Jetzt liegt er bequem in seinem Eichensarg
für sage und schreibe 500 Mark
er hört nicht auf, mich zu malträtieren
ich darf ihm auch noch seinen Tod finanzieren

Fritz ist tot – juchheissassa
Fritz ist tot – fideralala
Sie glauben nicht, was so ein Mann
ob lebendig oder tot, für Ärger machen kann

Fritz ist tot – jezz isser tot
Fritz ist tot – einfach tot
Fritz ist tot – mausetot
doch der Ärger mit dem Mann hält an!

ZWEI DOOFE TÖCHTER HOLEN IHRE MÜTTER AB

Zwei doofe Töchter treffen sich mitten in der Nacht vor dem Beerdigungs-Institut. Man hört gedämpfte Party-Musik.

Gerburg: Hach! Haben Sie mich erschreckt!
Stephanie: Das tut mir leid, sind die etwa schon raus?
Gerburg: Nein, die sind noch drin.
Stephanie: Guten Abend erst mal.
Gerburg: Man kann ja schon fast guten Morgen sagen, nicht wahr? Auch aus dem Bett gefallen?
Stephanie: Na ja, sicher …
Gerburg: Ja … Bin mal gespannt, wie lange wir heute wieder warten müssen.
Stephanie: Ich warte heute nicht lange. Wir haben diesmal ausgemacht, daß sie pünktlich auf die Minute rauskommt. Sie wird also jeden Moment kommen.
Gerburg: Ja?
Stephanie: Da bin ich mir ganz sicher.
Gerburg: Letztens haben wir zweieinhalb Stunden gewartet!
Stephanie: Ich weiß … Ich komm mir langsam richtig blöd vor. Aber ich hol sie doch lieber ab.
Gerburg: Ich hab da auch kein gutes Gefühl, sie so nachts allein auf die Straße zu lassen …
Stephanie: Ich hol sie ab, damit sie überhaupt nach Hause kommt!
Gerburg: Haben Sie eigentlich schon mal mit Ihr geredet? So von Frau zu Frau?
Stephanie: Reden hilft da nicht viel. Gar nichts hilft. Heute nachmittag haben wir noch so gestritten.

Mama, hab ich gesagt. Mama, geh jetzt sofort auf dein Zimmer. Und mein eigener Sohn guckt mich kopfschüttelnd an und … ja, dem hab ich direkt eine geknallt. – Was muß denn noch alles passieren? Meine Mutter macht mich wahnsinnig.

Gerburg: Ich hab ihr ganz klar gesagt, Mutti, es gibt Grenzen, es gibt Regeln, es gibt ein Miteinander, ja?! Und so geht das nicht, jedenfalls nicht, solange du deine Füße unter unserem Tisch hast. Ich hab ihr 24 Uhr vorgeschlagen. Da lacht meine Mutter mich aus. Entschuldigen Sie, wie fühl ich mich denn da als Tochter?

Stephanie: Nicht gut!

Gerburg: Wir haben uns dann auf drei Uhr geeinigt.

Stephanie: Ich weiß. Meine hat gesagt, Ihre dürfte bis drei. Was sollte ich da noch sagen?

Gerburg: Ich kann mich aber auch nicht durchsetzen. Die fangen ja auch erst um 22 Uhr an … und ich fand das damals auch blöd. Ich mußte immer weg, wenn die Partys gerade interessant wurden.

Stephanie: Wissen Sie eigentlich, was die hier machen?

Gerburg: Nicht genau!

Stephanie: Flaschendrehen!

Gerburg: Haben wir früher auch gemacht. Flaschendrehen …

Stephanie: Ja, erst machen sie die Flaschen leer, und dann wird gedreht.

Gerburg: Ja, so sind die Regeln. Völlig korrekt.

Stephanie: Und Strip-Poker!!!

Gerburg: Jetzt wird mir einiges klar. Deshalb kam meine Mutter letztens mit völlig anderen Klamotten nach Hause.

Stephanie: Das nennen sie Trikot-Tausch!
Gerburg: Na ja, aber es waren Männerklamotten. Ich meine, zuerst mußte ich ja lachen, als sie da so in der Tür stand und lallte: »Das wäre die Jacke vom Herrn Direktor«.
Stephanie: Das fanden Sie lustig?
Gerburg: Ich hab aufgehört zu lachen, als die Unterwäsche auch von 'nem Kerl war. Wo soll das denn enden??? ... Irgendwann kommt dann nicht nur die Unterwäsche, irgendwann kommt dann auch der restliche Mann!
Stephanie: Tja ...
Gerburg: Letztens komm ich runter zu meinem Frühstückstisch, sitzt da plötzlich ein alter, schmadderiger Kerl, behauptet, er wäre Direktor, und fragt mich, was rot wäre und auf dem Feld läge ...
Stephanie: Die Bauernregel ... Also wenn's nicht so schrecklich wäre, wär's ja auch irgendwie lustig.
Gerburg: Wenn's Ihre Mutter wäre, dann würd ich lachen.
Stephanie: Ja, dann würde ich aber nicht lachen!
Gerburg: Als mein Vater noch lebte, da haben die beiden ja auch ...
Stephanie: Bitte?
Gerburg: Na ja, einmal müssen sie ja, sonst gäb's mich ja nicht ...
Stephanie: Aber das war ja auch was ganz anderes.
Gerburg: Und überhaupt. Wenn mein Vater noch leben würde, würde sie sich nicht so gehenlassen. Und alles von Papas Rente. Schleppt das ganze Geld in die Lottoannahmestelle. »Lieber Sex im Lotto als mit Otto!«

Stephanie (*lacht*): Der ist gut … Den kannte ich noch nicht …

Gerburg: Otto war mein Papa!

Stephanie: Oh.

Gerburg: Aber Sie kann doch nich so über ihn sprechen. Über meinen Papa!

Stephanie: Wenn es Sie tröstet, meine Mutter war früher auch ganz anders, sie war so … so, aber jetzt?!? Das ist nicht mehr meine Mutter!

Gerburg: Ich hab so versucht, mit ihr zu reden. Mutti, hab ich gesagt, guck mal, Sexualität kann doch eine ganz saubere Sache sein: Geborgenheit, viel Vertrauen … Blätter pressen, Steine sammeln, und was machen die? Die FICKEN!!! Gut, ich hab früher auch mit meinem Mann im Bett Dinge getan, die kann ich heute in Katalogen nachlesen. Und? Braucht man es? Man braucht es nicht!

Stephanie: Schon mal gar nicht in dem Alter! – Wie spät ist es eigentlich?

Gerburg: Halb vier, mitten in der Nacht!

Stephanie: Ich muß morgen ganz früh raus! Ich brauche meinen Schlaf!

Gerburg: Die brauchen ja überhaupt keinen Schlaf mehr.

Stephanie: Die sind wie Gespenster!

Aus dem Nebenraum hört man jetzt »Je t'aime«, dazu diffuses Gestöhne.

Gerburg: Was ist das denn für eine Musik? Die kenn ich doch!

Stephanie: –

Gerburg: … das hab ich auf meinen ersten Feten gehört. Und ich weiß noch gut, was ich zu dieser Musik … Sagen Sie mal, haben da immer schon so viele gestöhnt auf der Platte?

Stephanie: Nein?!!!!?!

Gerburg: Aber da stöhnen doch mehrere!

Stephanie: Sicher … Da stöhnen mehrere!

Gerburg: Das ist doch … Nekrophilie, was die da treiben!

Stephanie: Ich geh da jetzt rein … nein, ich ruf meinen Mann an! Ich schick sie ins Heim.

Gerburg: Soll ich meine Mutter retten?

Stephanie: Sie wollen da rein?

Gerburg: Nein!

Stephanie: Die sind doch in der Überzahl!

Gerburg: Stimmt. Die sind mehr als wir.

Stephanie: Und es werden ja immer mehr.

Gerburg: Ich hab auch schon Alpträume. Ich seh sie überall: in Autos, hinter Büschen, in Telefonzellen, überall Alte!!!! Und alle sind unheimlich gut drauf!

Stephanie: Haben Spaß am Leben.

Hinter den Türen erklingt jetzt der Radetzky-Marsch.

Gerburg: Das ist … Das ist der Radetzky-Marsch. Was machen die denn zum Radetzky-Marsch?

Stephanie: Ich weiß es nicht!! Mir reicht's. Ich ruf jetzt die Polizei!

Gerburg: Gegen Ihre eigene Mutter?

Stephanie: Man kann ja anonym anrufen.

Gerburg: Das find ich eine prima Idee. Dann hau ich ab.

Stephanie: Ich auch.

Gerburg: Sie wollten die Polizei anrufen.
Stephanie: Ja. Aber ich bleib nicht hier.
Gerburg: Lassen Sie uns doch gemeinsam die Polizei anrufen, und dann reden wir noch mal über alles.
Stephanie: Gut. Es ist ja nicht gegen sie. Die wissen doch nicht, was sie tun.

DAS WENNZE-MEINS-LIED

Matta und Lisbett rekapitulieren die Totenwache. Am Ende eines langen Tages leeren sie gemeinsam den letzten Eierlikör (»Lieber Eierlikör auffem Klo als Jägermeister inne Sauna«) mit einem »Prostata«.

Wennze meins
du hätt's noch Zeit
datte so viel Zeit vertun kanns
bisse bekloppt
dat is nich wahr
du hasset eilig
wennze tot bis
isset vorbei
und vorm Sterben
musse leben
und dann musse
au ma fragen
oppe happy ... bis

Gehse als erste
hasse Pech
bleibste übber
is et irgendwie besser
aber jammer nich rum
geh doch raus
hau auffe Kacke
oft braucht et Zeit
bis datte weiß
watte willst

und wie de hinkommst
bisse dann da
isset klar
isset besser als wie et war

Nur wer vögelt
kann auch fliegen
über Berge, über Täler
über Falten, Bäuche und die Wechseljahre
Geh zum Lachen
nich in Keller und
wennze weinst, dann aber richtig
lass ma locker
lass ma gehn
sei ma happy

Wennze weiß, watte wills
musse machen, datte hinkomms
kommse zu spät, isset vorbei, hattat Leben dich bestraft
oft braucht et Zeit, bis datte weiß
watte wills und wie de hinkommst
bisse dann da, isset klar
isset besser als wie et war

Foto: Ulrich von Born

»Nur wer vögelt, kann auch fliegen ...«
Lisbett und Matta auf dem Klo

ONLY LOVERS LEARN TO FLY

Wenn man ein schon bekanntes Lied noch mal aufnimmt, nennt man das eine Cover-Version. »Father and Son« von Cat Stevens gefiel uns für den Zweck ausnehmend gut. Natürlich ist Cat Stevens nach seinem Wechsel zum moslemischen Glauben umstritten, aber trotzdem fanden wir das Lied so toll. Um aber unseren eigenen Text zu singen, brauchten wir eine Genehmigung. Herr Stevens, der zu der Zeit irgendwo in den Staaten in einem Van herumfuhr, wollte –

angeblich – eine englische Übersetzung unseres deutschen Textes haben. Wir haben sie gemacht, ihm geschickt und – leider – bis heute keinen Kommentar:

if you think
you still have time
that you spend so much for nothing
then you're wrong
it's not true
you're in a hurry

when you're dead
things are gone
and before dying
comes living
and you should
ask yourself
are you happy?

if you go first
it's a pity
if you stay
it's somehow better
but don't hang around
just go out
have some fun

it needs some time
until you know
what you want
and how to get there

when you reach
it's ok
it's even better than it ever was

only lovers know to fly
over mountains, over valleys
over wrinkles, paunches and menopause
when you laugh
don't hide above
and when you cry
cry louder
let it happen
take it easy
just be happy

if you know, what you want, you should look
that you come there
when you're too late, you lost your chance,
live will tell you
it needs some time, until you know,
what you want and how to get there
if you reach, it's ok, things are better than before.

SEX UND DROGEN

Uns ist völlig klar, daß die geneigte Leserin und der erstaunte Leser nach all der Lektüre jetzt wissen wollen, was wirklich passiert, mit all den Männern, dem ganzen Sex hinterm Vorhang und dem immensen Drogenkonsum.

Tja.

Nikotin und Alkohol. Letzteres vorher nie, währenddessen höchstens aus Verzweiflung und danach aus Erleichterung.

Und Sex?

Auch nicht besser.

Es gab immer mal Männer auf den Touren, aber ich bitte Sie, meine Damen, das passiert einem doch zu Hause auch. Frau ahnt nichts Böses, und schwupp: Ein Mann! Und nur die wenigsten, die mutigsten und unbeirrbarsten trauen sich nach der Vorstellung in die Nähe der Künstlerinnen. Und selbst das muß ja nicht unbedingt zum »Letzten« führen. Autogramme mit Lippenstift? Nur im Notfall. Und nicht auf nackte Haut. Flirten? Immer! Einladungen zum Essen? Gerne, wahrscheinlich wieder beim besten Italiener der Stadt?! Tagsüber die Stadt zeigen? Wunderbar, außer Offenbach.

Und dann, es gibt immer noch den einen zu Hause, mit dem man dann das letzte Telefonat des Tages führt oder das erste oder am besten beide!

DANKE

Und hier wollen wir noch mal danke sagen ...

... Harald Hoffmann, Ulrich von Born, Sabine Mairiedl, Thomas Range, Helge Jakubowski, Fred Dott und dem SDR-Fotoarchiv für die freundliche Bereitstellung von Fotomaterial

... unserer Lektorin Daniela Bentele-Hendricks für Mut, Vertrauen und Ausdauer

... und natürlich: siehe Widmung!

Band 12829

Paula Almqvist

Du hast's gut

Beobachtungen von der Sofakante

Viele kennen und lieben sie: Paula Almqvist, ihres Zeichens Jurnalistin. Neben ihren Reportagen schreibt sie seit Jahren Zeitgeist-Kolumnen für den *stern.* Dieses Buch enthält eine Auswahl ihrer besten Beiträge. Mit Witz, Charme und der berühmten »spitzen Feder« sagt Paula Almqvist dem Zeitgeist den Kampf an, wobei sie sich eher mit dem Alltäglichen als mit dem Außergewöhnlichen befaßt. So schreibt sie zum Beispiel über die unsägliche Qual eines Elternabends, erstellt Klamotten-Wegweiser für die Gartenarbeit oder sammelt unter dem Titel »Nur zehn Minuten täglich« Tips, die das Leben angeblich positiv verändern - Seilhüpfen, Haare bürsten, Sprachkassetten hören, Yoga und vieles mehr.

BASTEI LÜBBE